LUTHER-VERLAG

Nov. 2015

Bernd Becker
Gerd-Matthias Hoeffchen

Was weg ist, ist weg!

Kuriose Beerdigungsgeschichten

Luther-Verlag

Bibliographische Information der Deutschen Nationalbibliothek
Die Deutsche Nationalbibliothek verzeichnet diese Publikation in der Deutschen Nationalbibliographie; detaillierte bibliographische Daten sind im Internet über http://dnb.d-nb.de abrufbar.
ISBN 978-3-7858-0665-4

Umschlaggestaltung: tiefschwarz und edelweiß, Hagen
Satz: Luther-Verlag, Bielefeld
Druck und Bindung: Beltz Bad Langensalza GmbH, Bad Langensalza
Printed in Germany

INHALT

VORWORT

Mit dem Hütchen, das ins Grab geweht wurde, fing alles an. Die Geschichte hatten Verwandte erlebt. Wir fanden sie originell und erzählten sie weiter.

Dann geschah, was nicht geplant war: Wir erfuhren neue, weitere Erzählungen von Beerdigungen, die anders abliefen als geplant. Etliche stammen von Pfarrerinnen und Pfarrern. Aber auch von anderen Menschen, denen solche kuriosen Begebenheiten selbst passiert sind oder die davon gehört haben.

Die hier gesammelten Geschichten sind *tatsächlich erzählte* Anekdoten, die so oder so ähnlich stattgefunden haben oder haben sollen. Es ist nicht auszuschließen, dass sich die eine oder andere „urbane Legende" darunter befindet. Aber uns ging es nicht darum, akribisch nachzuprüfen, ob sich die Begebenheiten tatsächlich so ereignet haben – uns war wichtig, dass sie so stattgefunden haben *könnten*.

Wir haben uns die Freiheit genommen, die Geschichten hier und da zu verfremden, zu stilisieren. Gerade so weit, dass möglichst keine Rückschlüsse auf den konkreten Anlass oder die beteiligten Personen möglich sind. Niemand soll bloßgestellt werden; keine Trauerfeier im Nachhinein zur Lachnummer werden. Dafür sind diese Momente zu wertvoll und zu intim.

Und dennoch: Es menschelt eben. Auch am Grab. Zudem spielen Technik, äußere Umstände oder das Wetter nicht immer so mit, wie man es sich in einer solch bedeutenden Stunde wünschen würde. Es hat uns beeindruckt, wie Pfarrerinnen und Pfarrer, Bestatter und Trauergäste mit Pech und Pannen umgegangen sind. Alle Erzählungen zeigen Menschen, die sich darum bemühen, die Situation zu retten und die Würde des Anlasses und der Verstorbenen zu wahren.

Und dabei ist eben auch oft ganz viel Humor im Spiel.

Keine Schadenfreude, keine Albernheiten. Sondern ein feinsinniges Gespür dafür, dass auch in traurigen Momenten geschmunzelt werden darf. Uns wurde keine einzige Geschichte erzählt, die despektierlich oder lächerlich gewesen wäre.

Wir danken allen, die uns ihre Erlebnisse mündlich oder schriftlich berichtet haben. Nicht alle konnten wir für dieses Buch berücksichtigen. 27 Begebenheiten haben schließlich Platz auf den Seiten gefunden.

Und wir danken auch jenen, die tagtäglich darum bemüht sind, den Abschied von geliebten Menschen würdig zu begleiten. Dies geschieht durch alle Beteiligten in den meisten Fällen sehr professionell und einfühlsam. Angesichts der demografischen Entwicklung nimmt diese Aufgabe für Pfarrerinnen und Pfarrer sowie Geistliche anderer Religionsgemeinschaften oft einen erheblichen Teil ihrer Arbeitszeit ein. Dabei ist zu bedenken, dass nicht nur die eigentliche Trauerfeier vorbereitet und durchgeführt wird, sondern dass die Angehörigen in ihrer Situation oftmals intensiv begleitet werden. Trauernden in solch einer krisenhaften Lebensphase beizustehen, wird von den Geistlichen zumeist als eine sehr sinnhafte und hilfreiche Aufgabe empfunden.

Tod und Trauer spielen daher schon in der Ausbildung von Pfarrerinnen und Pfarrern eine große Rolle. So überrascht es auch nicht, dass Peter Bukowski, der Direktor des Seminars für pastorale Ausbildung in Wuppertal, uns auch ein Erlebnis zukommen ließ. Die Begebenheit findet zwar nicht am Grab statt, zeigt aber ebenfalls eine gehörige Prise Humor beim Thema Tod.

„Ich kehre mit meiner Frau bei einer Wanderung durchs Bergische Land zur Rast in eine Kneipe ein. Eine, wie es sie bei uns noch gibt: Eiche rustikal, mit Kasten für den Sparverein und Deckchen auf den Tischen; Tapeten und Gardinen in zartem Nikotingelb. Auf dem Tresen ein Glas

mit Soleiern und ein Teller mit Frikadellen. In der Ecke, aber in Hörweite, sitzen zwei nicht mehr ganz so rüstige Herren vor ihrem Rentnergedeck – Pils und Korn – und unterhalten sich angeregt über dies und das. Der folgende Gesprächsgang lässt uns aufmerken:

„Also gestern stand da was in der Zeitung, das hab ich mir gemerkt, da musst Du gut aufpassen. Stell Dir vor: Wenn Du am 3. eines Monats stirbst, kannst Du die gesamte Monatsrente noch behalten. Die nehmen sie Dir dann nicht weg. Da hast Du richtig was davon. Aber wenn Du schon am Zweiten die Löffel abgibst, musst Du alles zurückzahlen. Also pass auf! Ab dem 3. lohnt es sich. Allerdings – zu spät im Monat, das bringt dann auch nichts mehr.“

Wir wünschen viel Spaß bei der Lektüre dieses Buches. Und wenn Sie selbst etwas Vergleichbares erlebt haben, lassen Sie es uns wissen: info@lutherverlag.de.

Die Zwischentexte und Gedichte haben wir ausgewählt, um noch einmal einen anderen Blick auf das Thema zu werfen. Die Autoren betrachten Themen wie Tod und Trauer auf ihre eigene Weise; nicht immer augenzwinkernd. Aber manchmal eben doch.

Bielefeld, im August 2015

Bernd Becker,
Gerd-Matthias Hoeffchen

INFO

Laut dem „Bundesverband Deutscher Bestatter" sterben in Deutschland jährlich etwa 860.000 Menschen. Erdbestattungen machen dabei 45,5 Prozent aus, Feuerbestattungen 54,5 Prozent. 7,5 Prozent werden anonym oder auf hoher See beerdigt. Der Trend geht dabei generell zur Wahl einer Feuerbestattung, womit auch Möglichkeiten der Beisetzung in Urnengräbern, Grabeskirchen oder Waldarealen gegeben sind.

Das Statistik-Portal „statista" stellt dar, dass im Jahr 2012 bei 54,9 Prozent der Verstorbenen eine Beerdigung durch die christlichen Kirchen oder andere Religionsgemeinschaften gewünscht war. Nur bei 21,4 Prozent wurde dies ausdrücklich abgelehnt.

LETZTER HALT

„Jetzt mach schon. Mach schon!“ Agathe ist angespannt. Kein Wunder, wenn man den Anlass des heutigen Tages bedenkt. Dieser ganze Rummel! Am meisten aber macht sie Hilde nervös. Die mit ihrem ständigen Drängeln. Typisch Hilde. Immer muss *sie* die Kommandos geben.

Hilde und Agathe. Das ist eine spannungsvolle Geschichte. Hilde ist die ältere, von daher war sie immer auch die „große“ Schwester. Ha! Von wegen groß, denkt sich Agathe. Das mag ja für die ersten Jahre gegolten haben.

Aber irgendwann, so mit zwölf oder dreizehn, schoss sie, die kleine Agathe, empor – und zog fast um Kopfeslänge an der fünf Jahre älteren Hilde vorbei. Was die aber offenbar nur dazu veranlasste, mit umso mehr Kommando-Ton ihren Führungsanspruch als „große“ Schwester zu behaupten.

Eigentlich konnte auch Agathe sich immer durchsetzen – sie hatte sogar mal gehört, wie die Kunert von nebenan von ihr als „alter Drache“ sprach. Agathe hatte das als

Auszeichnung aufgefasst. Wer seine Klappe nicht im richtigen Moment aufzumachen weiß, der hat schon verloren; das hatte sie schon früh begriffen.

Nur, dass Hilde eben immer noch die deutlich größere Klappe besaß.

„Jetzt mach schon!" Schon wieder Hilde. Ja, sieht die denn nicht, dass der Blazer sich einfach nicht schließen lassen will? Statt zu schimpfen, könnte die ja auch mal helfen. Aber ne, Pustekuchen. Stattdessen wartet sie schön im Wohnzimmer. Und schon wieder dieser Feldwebelton: „Du kommst noch mal zu deiner eigenen Beerdigung zu spät."

Zu meiner eigenen Beerdigung, schießt es Agathe durch den Kopf, na klar. Was Taktvolleres konnte der *großen* Schwester wohl nicht einfallen. Ist ja nicht ihr Mann, der heute zu Grabe getragen wird. Und dann noch dieser … Blazer! Jetzt bleibt keine Zeit mehr für falschen Stolz. „O Hilde! Kannst du mir nicht *bitte* schnell mal helfen?"

Rasche Schritte. Triumphierend erscheint Hilde in der Tür des Schlafzimmers. Als wenn sie nur darauf gewartet hätte. „Ach *deshalb* wirst du nicht fertig. Warum hast du denn nicht gleich deine große Schwester gefragt." Ist jetzt auch egal. Hauptsache, gemeinsam kriegen sie den

Blazer geschlossen. Und nun kann es endlich losgehen – auf zum Friedhof.

Dort warten sie schon. Immerhin, ein paar sind doch gekommen. Ein bisschen hat Agathe ein schlechtes Gewissen. Eigentlich, denkt sie, müsste sie jetzt trauern. Und ja, natürlich ist es schrecklich, dass ihr Paul nicht mehr dabei ist. Aber all diese Leute. Es gibt so viel zu bedenken. Die ganze Aufregung und Hektik. Gleich noch das Kaffeetrinken. Da wollen die Gedanken einfach nicht zur Ruhe kommen. Im Moment ist da schlicht kein Platz für Trauer.

Der Pfarrer fasst sie sanft am Arm, und dann geht der Beerdigungszug los in Richtung Grab. Sie und der Geistliche vorne, Hilde natürlich gleich hinter ihnen. Der Pfarrer trägt die Urne. Wie klein die ist. Da soll ihr Paul drin sein?

Am Grab stellt der Pfarrer die Urne in eine Halterung. Aber so ganz will es nicht gelingen. Irgendwie scheint es Probleme zu geben. Ist die Halterung zu klein? Die Urne zu groß? Zu glatt?

Knall! Und schon ist es passiert. Die Urne ist dem Pfarrer auf den Boden gefallen. Entsetzen und Schockstarre. Gott sei Dank, die Urne ist nicht zerbrochen. Der teure Marmor scheint seinen Preis wert zu sein. Die Urne rollt und kullert. Sie schlingert und wackelt. Aber sie hört einfach nicht auf, immer weiter zu rollen. Fasziniert schaut jeder dem kleinen Spektakel zu. Endlich, kurz vor dem Grab, stoppt ein Erdhaufen die Reise des Gefäßes.

Mit einem Mal ist Agathe ganz gerührt. „Der will nicht", flüstert sie. „Der will einfach noch nicht weg von mir."

„Von wegen", raunzt Hilde, „siehst du doch: Der kann es gar nicht erwarten, in die Erde zu gehen."

Erinnern

Erinnern, das ist vielleicht
die qualvollste Art des Vergessens
und vielleicht
die freundlichste Art der Linderung dieser Qual.

Erich Fried

21.01.16

EIN GANZER KERL

Wenn andere wegrennen, gehen wir rein. Danach hatten sie gelebt. Wenn es brannte, wenn irgendwo eine Explosion drohte, wenn das Wasser schon fast bis zur Decke stand. Die Männer von der Feuerwehr waren hart. Echte Kerle.

Und Willi war einer von ihnen gewesen. Jetzt lag Willi da in diesem Holzkasten. Und keiner von ihnen konnte ihn herausholen. „Plötzlich und unerwartet nahm Gott, der Herr …" So hatte es in der Zeitung gestanden. Wer Willi gekannt hatte, für den war es gar nicht so plötzlich und unerwartet gekommen. Irgendwann ist halt für jeden Schluss. Auch für Willi. Einen echten Kerl. Einen der härtesten, den die Feuerwehr je gesehen hatte. Aber auch so einer konnte nicht ewig stark sein.

Und nun waren sie hier versammelt. Die alten Kameraden. Um ihrem Willi die letzte Ehre zu erweisen. Dunkelblaue Uniformen. Weiße Handschuhe. Die Kappe mit dem blauen Schirm. Sicher, die Uniformen spannten etwas. War ja auch schon ein bisschen her, dass sie sie zum letzten Mal angehabt hatten. Und auch ihre Bewegungen waren vielleicht nicht mehr ganz so akkurat und zackig wie ehedem. Die guten alten Zeiten lagen halt schon ein paar Jahre zurück. Aber das hieß noch lange nicht, dass sie nicht in der Lage wären, ihren Kameraden eigenhändig ins Grab zu senken.

Sechs von ihnen hatten die Taue in den Händen. Nein, das würden sie nicht dem Bestatter überlassen. Das würden sie selbst machen. Das waren sie ihrem Willi einfach schuldig. Langsam, ganz langsam! Und ganz sachte. Zentimeter für Zentimeter rutscht das Seil durch die weißen Handschuhe. Bloß nicht schlapp machen. Jürgen hat bereits ein rotes Gesicht. Eine richtige Knallbombe. Auch Herbert steht die Anstrengung ins Gesicht geschrieben. Bloß keinen Fehler machen! Bloß nicht loslassen! Nicht auszudenken, wenn sie ausgerechnet jetzt, hier, vor all den Angehörigen und Freunden versagen würden. Anstrengen! Hol das Letzte aus dir raus! Wie in den alten Zeiten. Keiner von ihnen mag daran denken, was das Kreuz morgen dazu sagen wird.

Endlich. Es ist vollbracht. Der Sarg ist unten angekommen. Adieu Willi. Die Kameraden ziehen die weißen Handschuhe aus, um sie als letzten Gruß ihrem Willi mit auf die lange Reise zu geben. Und da passiert doch noch, was nicht passieren darf: Einem von ihnen rutscht dabei die Armbanduhr vom Handgelenk. Nicht nur der Handschuh, sondern auch die Uhr fliegen Willi entgegen. Ehe irgendjemand reagieren kann, liegt sie da unten auf dem Sarg. Die Kameraden schauen sich an. In den guten alten Tagen, ja – da wäre jeder von ihnen mit Leichtigkeit da runtergehüpft, hätte die Uhr aufgenommen und wäre wie ein Wiesel wieder aus dem Grab geklettert. Aber jetzt? Und dazu in diesen Uniformen, die so grässlich über Bauch und Schulter spannen? Keine Chance.

Schließlich erbarmt sich der Bestatter. Auch er trägt feines Tuch, natürlich. Von irgendwoher hat er plötzlich eine kleine Klappleiter herbeigeholt. Behende steigt der Mann im schwarzen Anzug die Leiter hinunter, und irgendwie schafft er es dabei auch noch, das Ganze elegant und dezent aussehen zu lassen.

„Ob so etwas bei Beerdigungen wohl öfter passiert?", fragen sich jetzt nicht nur die Kameraden. Etwas beschämt sind sie schon, die harten Kerle von früher. Aber okay, das müssen sie anerkennen: Der Mann war nicht schlecht. Eigentlich könnte er gut ein Feuerwehrmann sein. Vielleicht sollte man ihn einfach mal fragen, ob er da nicht mitmachen will.

Die Blätter fallen, fallen wie von weit,
als welkten in den Himmeln ferne Gärten;
sie fallen mit verneinender Gebärde.

Und in den Nächten fällt die schwere Erde
aus allen Sternen in die Einsamkeit.

Wir alle fallen. Diese Hand da fällt.
Und sieh dir andre an: Es ist in allen.

Und doch ist Einer, welcher dieses Fallen
unendlich sanft in seinen Händen hält.

Rainer Maria Rilke

FLUCH DER TECHNIK

Pfarrerin Kirchmann ist Gemeindepfarrerin in einer westfälischen Dorf-Gemeinde. Und diese Dorf-Gemeinde hat auch eine richtige Dorfkirche. Klein, schnuckelig. Und uralt. Und wie es sich für eine uralte Dorfkirche gehört, gibt es eine Menge Dinge über dieses alt-ehrwürdige Gemäuer zu erzählen.

Angefangen von den Tagen, als diese Mauern errichtet wurden – damals noch einem Heiligen gewidmet. Später dann, in den Folgen der Reformationswirren, wechselte die Gemeinde das Bekenntnis. Die Kirche wurde evangelisch.

Tausende ließen sich im Laufe der Jahrhunderte in diesem kleinen Kirchlein taufen, schlossen dort die Ehe. Und wurden auf dem Friedhof gleich nebenan beerdigt.

Herz ergreifende Schicksale haben sich dort abgespielt. Momente höchsten Glücks. Augenblicke tiefer Trauer. Es gibt sogar eine Geschichte über ein Gespenst oder einen Geist, der in diesem Gotteshaus umgegangen sein soll. Das ist lange her. Aber einige der Älteren können noch von der Legende erzählen.

Wenn Pfarrerin Kirchmann allerdings etwas wirklich Gruseliges erzählen soll, dann fällt ihr eine Begebenheit ein, die noch gar nicht so lange zurückliegt. Bei einer Beerdigung – es mag drei oder vier Jahre her sein – musste der Sarg ein Stück weiter als üblich transportiert werden. Das kam so, weil es auf dem kleinen Dorffriedhof inzwischen doch etwas eng geworden war. Immer mehr Menschen wollten ein Häuschen im Grünen haben und waren dafür bereit, auch eine längere Strecke zur Arbeit zu pendeln. So hatte es sich ergeben, dass dem alten Ortskern ein Neubaugebiet angeschlossen worden war.

Und im Laufe der Jahre lebten nicht nur immer mehr Menschen im Dorf, sondern sie starben natürlich auch dort. Also musste der Friedhof erweitert werden. Es traf sich gut, dass einer der Bauern ganz in der Nähe der Kirche ein Feld verkaufen wollte. Dort also fanden die neuen Grabreihen ihren Platz.

Und genau dorthin musste Pfarrerin Kirchmann den Trauerzug nun führen. Zwar war die Entfernung nicht sehr groß. Man konnte bequem zu Fuß gehen. Aber um den Sarg, wie bisher, durch Sargträger transportieren zu lassen, dafür war der neue Platz nun wirklich zu weit weg. Es musste ein Sargwagen her. Solch einen

Wagen hatte man in der Gemeinde bislang noch nicht gesehen.

Der Bestatter brachte ihn aus der Nachbarstadt mit. Der Trauerzug folgte also nun Pfarrerin, Sargwagen und Angehörigen zum Grab. Bis dorthin ging auch alles gut. Die Strecke war huckelig und ruckelig. Aber für den soliden Wagen – das war nun beileibe keine einfache Sackkarre oder ein Bollerwagen, sondern geradezu ein Prachtstück an Technik, in tiefem Schwarz lackiert – schien das kein Problem zu sein. Die Federung schluckte alle Unebenheiten des Untergrunds. Der Sarg blieb ruhig liegen, kein Stoß drang bis zu ihm durch.

Als der Wagen nun am Grab angekommen war, die Gemeinde zur Ruhe kam, die Pfarrerin ihre Ansprache eröffnen wollte – da fing der Sarg an zu springen. Ja, zu hüpfen und zu springen. Heute muss Pfarrerin Kirchmann darüber lachen. Damals aber, so sagt sie, sei ihr das Herz fast stehen geblieben. Mitten in der größten Stille schoss der Holzsarg nach oben. Nicht nur ein paar Millimeter. Nein. Ein richtiges ordentliches Stück. Er ruckelte, wackelte. Und machte dann einen Satz in die Höhe.

„Wir alle – Angehörige, Freunde, natürlich auch ich – wir waren zu Tode erschrocken", erzählt Pfarrerin Kirchmann. Gegen einen Sarg, der sich offensichtlich dagegen wehrte, in die Erde hinabgelassen zu werden – dagegen waren selbst die alten Gespenstergeschichten aus der Dorfkirche lahme Langweiler.

Nur der Bestatter, der blieb cool. Gelassen trat er vor die verstörte Menge. „Entschuldigen Sie bitte, meine Damen und Herren“, so sagte er mit tiefer Stimme, und dabei hob er seine Hände beruhigend empor, „kein Grund zur Panik“. Und dann erklärte er den Grund für den vermeintlichen Spuk: die Hydraulik war’s. Der Sargwagen verfügte über eine Federung modernster Bauart. Die konnte sämtliche Stöße und Schläge komfortabel wegstecken. Nur – wenn der Wagen dann zur Ruhe kam, dann konnte es geschehen, dass sich all die Energie und Dynamik, die sich zuvor in den hydraulischen Elementen der Federung gesammelt hatte, plötzlich entlud.

„Das sollte natürlich nicht sein“, erzählt Pfarrerin Kirchmann. Aber es konnte halt passieren. Inzwischen, so versichert sie, seien längst Folgemodelle auf dem Markt. Und die würden kein Gespensterwerk mehr vorführen.

Man könnte viele Beispiele
für unsinnige Ausgaben nennen,
aber keines ist treffender
als die Errichtung einer Friedhofsmauer.
Die, die drinnen sind,
können sowieso nicht hinaus,
und die, die draußen sind,
wollen nicht hinein.

Mark Twain

ROTES FÜR DEN HIMMEL

Um es gleich vorweg zu sagen: Antonio hatte keine Pizzeria. Als Antonio Ende der Sechzigerjahre aus seinem Dorf am Fuße des Apennin nach Deutschland kam, da tat er es, weil ihn die pure Not dazu trieb. Daheim gab es keine Arbeit. Er war der Älteste. Und seine vielen Brüder und Schwestern brauchten etwas zu essen. Er musste Geld verdienen. So einfach war das.

In Deutschland fand Antonio Arbeit. Harte Arbeit. Aber gut bezahlt. Antonio musste unter die Erde. Viele, viele hundert Meter unter die Erde. Dort schuftete er bei Temperaturen, gegen die selbst der Sommer in seiner Heimat noch angenehm war. Hitze. Schweiß. Dazu der viele Kohlenstaub. Nach ein paar Jahren konnte Antonio schon nicht mehr so gut atmen. Aber er hatte noch Glück. Während viele seiner Kumpel unter Tage schon früh an der Staublunge starben oder bei einem Grubenunglück gleich unten blieben, schaffte es Antonio bis zur Rente.

Und in der Zwischenzeit konnte Antonio Etliches von seinem Lohn in die alte Heimat überweisen. Die Deutsche Mark war eine harte Währung, und einige seiner Geschwister konnten zur weiterführenden Schule.

Daheim, in Italien, galt Antonio als Held der Familie. Und das bekam er während der vier Wochen Jahresurlaub, die Antonio immer am Stück im Sommer nahm, auch gut zu spüren. Allein dafür, so hatte Antonio oft gedacht, lohnte sich die Plackerei in der Zeche.

Auch für sich selbst konnte Antonio ein stilles, bescheidenes Glück aufbauen. 15 Jahre, nachdem er in Castrop-Rauxel Arbeit gefunden hatte, kam Luisa nach. Sie war die Tochter einer weit entfernten Verwandten seiner Mutter und wunderschön. Zumindest damals. Im Laufe der Jahre und mit jedem Kind, das sie Antonio gebar, wurde sie etwas fülliger und beleibter. Aber das war in Ordnung. Denn so ist das nun einmal, wenn man Familie will. Schließlich war Antonio auch keine ranke und schlanke 17 mehr.

Nun war die Zeit auf der Erde für Antonio um. Der Herrgott hatte in seiner ewigen Güte und Weisheit den kleinen Italiener zu sich gerufen. Und damit hatten das Pfeifen und Ächzen der Lunge, aber auch die vielen kleinen Freuden des Lebens ein Ende gefunden.

Und weil Antonio zu Lebzeiten ein Held für seinen Clan in Italien gewesen war, ließ der sich für Antonios Beerdigung auch nicht lumpen. In Kompagniestärke war die Familie aus der alten Heimat angereist. Während der Pfarrer am Grab die letzten Segensworte sprach, hatten Freunde, Nachbarn und ehemalige Arbeitskollegen reichlich Zeit, sich Antonios Verwandtschaft aus dem Süden anzuschauen.

Da trafen Welten aufeinander. Hier der Ruhrpott, wie aus dem Bilderbuch. Dort die Italiener, wie aus dem Bilderbuch. Da war der Große, Schlanke mit Gel in den Haaren und Sonnenbrille. Daneben der Kleine, Kompakte mit Stirnglatze und Bauch. Mehrere Mamas und neben ihnen junge Grazien. Und eine Menge Bambini dazwischen. Sie alle hatten den langen Weg aus bella Italia zurückgelegt, um sich von Antonio zu verabschieden. Und das taten sie auch. Mit viel Jammern, Tränen und Wehklagen in der fremden Sprache.

Mittendrin: Luisa. Würdevoll. Erhobenen Hauptes. Voller Haltung. Wie ein Fels in der Brandung. Nachdem der Pfarrer fertig war, trat sie ans Grab. Sie nahm die Schaufel, steckte sie in den Hügel mit frisch aufgeworfenem Erdreich und schüttete die Erde hinab ins Grab. Dann warf sie noch etwas hinterher. Üblicherweise wäre das jetzt eine Blume gewesen. Der Witwe angemessen wäre zum Beispiel eine rote Rose. Aber dafür war das, was

Luisa in die Graböffnung warf, eindeutig zu klein. Es war zwar rot. Aber zu klein.

Dann kam die Verwandtschaft. Einer nach dem anderen trat ans Grab, manch einer schaute kurz hinab. Ein anderer kurz zum Himmel. Sie alle warfen das gleiche kleine, rote Etwas hinab. Was war das?

Als der Pfarrer seine Neugier nicht mehr länger zügeln konnte, trat er näher an die Graböffnung. Er blickte hinab. Und was sah er da? Viele, viele rote Peperoni. Sein Gesichtsausdruck muss deutlich gezeigt haben, wie verwirrt er wegen dieses Anblicks war. Jedenfalls fühlte sich die Witwe bemüßigt, auf ihn zuzugehen und ihm ins Ohr zu raunen: „Er mochte es gern scharf."

Abschiedsbrief

Sterben ist ja nur,
als wenn man sich auf die andere Seite legt.
Das ist schön, nicht wahr?
Anders ist das nicht,
man legt sich eben auf die andere Seite …
Ich bin immer bei euch,
Eure Mutter.

Käthe Kollwitz, Abschiedsbrief an ihre Kinder

KOMM HER ZU MIR

Leipzig, Zentralfriedhof. Die korrekte Bezeichnung ist eigentlich „Südfriedhof". Als das riesige Areal 1886 als Ausweichplatz für die immer voller werdenden traditionellen Friedhöfe eröffnet wurde, dachte niemand daran, dass diese Reißbrettlösung einmal allen anderen Begräbnisstätten den Rang ablaufen würde.

80 Hektar ist das Gelände groß, eine der größten und prachtvollsten Parkanlagen unter Deutschlands Ruhestätten. Rund 10.000 Rhododendronbüsche breiten sich dort aus. Weitere Besonderheiten sind Amberbaum, Mahonie, Zierkirsche, Urweltmammutbaum, Traueresche, Geweihbaum, Ginkgo und verschiedene Arten der Linde. Man kann Eichhörnchen dort beobachten und in der Dämmerung Fledermäuse. Die Kapellenanlage hat einen 60 Meter hohen Glockenturm. Und als ob das alles noch nicht genug wäre, grüßt in Sichtweite das weltbekannte Völkerschlachtdenkmal.

Kein Wunder, dass sich hier berühmte Persönlichkeiten zur ewigen Ruhe betten ließen. Etwa der Verleger Fritz

Baedeker, Vater des Prototyps aller modernen Reiseführer. Oder Christian Fürchtegott Gellert, dessen philosophische Überlegungen ihn zu einem der meistgelesenen Schriftsteller der Aufklärung machten. Oder auch Rudolf Kittel; sein Name ist jeder Theologin und jedem Theologen nur zu gut vertraut: Er gab die Bibel in hebräischer Sprache heraus, die noch immer verbindlich fürs Theologiestudium ist.

Aus dem „Südfriedhof" wurde im Volksmund der „Zentralfriedhof". Er überstand alle Höhen und Tiefen, alle Veränderungen der Zeit. Ob im Land der Kaiser regierte oder die junge Demokratie ihn ablöste, ob die Nazis herrschten oder der real existierende Sozialismus die Geschäfte übernahm, ob die Menschen im Freudentaumel über die Wiedervereinigung versanken oder später ernüchtert über die Mauer in den Köpfen räsonierten – der Zentralfriedhof blieb, was er war: ein großer, ruhiger Platz, der mit seiner stillen Atmosphäre eine Ahnung davon verschafft, wie Menschen sich ihren Platz in der Ewigkeit erhoffen. Selbst als Bomben auf Leipzig fielen, konnte das dem Friedhof nichts anhaben.
Im Gegenteil: Das Gelände musste damals erweitert werden; 3474 Opfer der Bombenangriffe wurden dort bestattet.

Typisch für den Leipziger Zentralfriedhof sind die vielen Urnenbestattungen. Das riesige Krematorium bildet mit der Kapellenanlage und dem Kolumbarium, in dem die Urnen aufbewahrt werden, den zentralen Gebäudekomplex des Friedhofs. Die Erbauer nahmen die romanische Klosteranlage Maria Laach in der Eifel zum Vorbild; eine einzigartige Friedhofsarchitektur, die heute streng unter Denkmalschutz steht. 2008 begann man, das Kolumbarium zu restaurieren. Bereits drei Jahre später konnte die Urnenaufbewahrungsanlage wieder eröffnet werden. Ein großes Ereignis für die Stadt, und entsprechend groß war die Anteilnahme der Öffentlichkeit.

Bei einer dieser ersten Urnenbeisetzungen passierte dann, was noch lange im Gedächtnis der Menschen in Leipzig und vermutlich ganz Sachsen haften bleiben wird. Dazu muss man wissen, wie so eine Beisetzung vonstatten geht. Nachdem die Trauerandacht gehalten worden ist und sich Angehörige und Freunde vom Verstorbenen verabschiedet haben, wird die Urne mit der Asche in die Grabkammer heruntergereicht. Dort unten, im Gewölbe, wartet ein Mitarbeiter des Friedhofs, der die Urne entgegennimmt. Dezent, unauffällig. Wie es die Art der Bestatter ist. Niemand bekommt mit, was in der Grabkammer geschieht. Und schon gar nicht, dass sich dort ein Mensch aufhält, dazu noch ein lebender.

Also: Niemand von den Außenstehenden weiß, was dort unten geschieht. Umso mehr kann man sich Erschrecken und Entsetzen vorstellen, das die Trauergemeinde erfasste, als Folgendes geschah: Der Bestatter reicht die Urne hinab. So weit, so gut. Sein Kollege in der Grabkammer, aus welchem Grund auch immer, streckt die Hände nach oben. Vielleicht war er zu motiviert, zu eifrig. Vielleicht wollte er es zu gut machen. Jedenfalls streckte er die Hände in seinen weißen Handschuhen ein wenig zu hoch. Nur ein kleines bisschen. Aber eben: zu hoch. Für die Trauergemeinde kam der Anblick überraschend und ohne Vorwarnung. Aus der Tiefe des Grabes streckten sich plötzlich weiße Hände der Urne entgegen und schienen zu sagen: Komm her zu mir! Auf dich habe ich schon lange gewartet.

Mein sind die Jahre nicht,
die mir die Zeit genommen.
Mein sind die Jahre nicht,
die etwa möchten kommen.

Der Augenblick ist mein,
und nehm ich den in acht,
so ist der mein,
der Jahr und Ewigkeit gemacht.

Andreas Gryphius

EHRLICH UND KORREKT

Die Trauerfeier fand in der Kirche statt. Sie war würdevoll und schön. Soweit man das bei einer Beerdigung sagen kann. In den Worten der Pfarrerin erkannten die Angehörigen den Verstorbenen wieder, und die Gebete und Lieder spendeten Trost.

Herrmann war 86 Jahre alt geworden. Er hatte immer wieder mit Krankheiten zu kämpfen, aber es war dennoch ein erfülltes Leben. Herrmann war ein liebevoller Vater und Großvater, immer freundlich ehrlich und korrekt. Und er sagte seine Meinung, selbst wenn ihm das nicht nur Sympathien einbrachte. Doch seine Familie schätzte das an ihm, und seine Freunde taten es auch.

Und nun setzten sich alle in Bewegung. Der kurze Weg von der Kirche zum Friedhof war normalerweise für alle Beteiligten gut zu bewältigen. Es war warm, aber nicht zu heiß. Und die kleine Straße, die es zwischendurch zu überqueren galt, war kaum befahren. Aber heute kam alles anders. An besagter Straße erwartete den Trauerzug etwas Unerwartetes, nämlich eine Baustellenampel.

Und die zeigte auf rot. Der Bestatter blieb stehen und hielt den sogenannten Katafalkwagen an, also den Wagen, auf dem der Sarg zur Grabstätte gefahren wird.

Auch die Pfarrerin hielt an und mit ihr die gesamte Trauergemeinde, also etwa 50 Männer und Frauen in Schwarz. Das Signal der Ampel war eindeutig: Hier hatte man zu stoppen. Einige Rohre, Bleche und schweres Werkzeug wiesen darauf hin, dass Bauarbeiten im Gange waren. Aber kein Arbeiter weit und breit. Es war Freitagmittag. Vermutlich würde hier bis Montag früh nichts mehr passieren.

Aber die Ampel stand auf rot. Gnadenlos. Und gnadenlos lange. Die Pfarrerin wurde nervös. Der Bestatter ebenfalls. Die beiden sahen sich ratlos an. Sie hatten gemeinsam schon einige Beerdigungen durchgestanden, auch hier und da Ungewöhnliches dabei erlebt. Aber eine rote Ampel stand ihnen noch nie im Wege. Und natürlich gehört es sich nicht, bei rot über die Ampel zu gehen. Erst recht nicht vor 50 trauernden Zeugen. Also vergingen die Minuten.

Die Pfarrerin war die erste, die das Zutrauen darein verlor, die Ampel werde noch auf grün umspringen. Vermutlich hatten die Bauarbeiter schlichtweg vergessen, die Lichtanlage ab- oder umzustellen. Sie wartete noch eine halbe Minute, dann nickte sie dem nervösen

Bestatter beherzt zu. Er wusste Bescheid, und in einem Akt zivilen Ungehorsams überquerten sie die kleine Straße. Der Trauerzug folgte ihnen. Einige Beerdigungsgäste blickten erleichtert, andere unsicher. Aber ohne weitere Zwischenfälle erreichten Sarg und Menschen schließlich den Friedhof und Herrmanns Grabstätte.

Nach dem Segen kondolierte die Pfarrerin den Angehörigen. Dabei bemerkte sie, dass einige Verwandte schmunzeln mussten. Da sie das irritierte, fragte sie nach und vernahm die Reaktion der Familie:
„Wir wissen gerade nicht so recht, ob wir weinen oder lachen sollen. Unser Herrmann hatte nämlich nie im Leben Ärger mit Behörden. Er war immer so korrekt. Nicht einen Strafzettel hat er jemals bekommen. Und jetzt überquert er auf dem Weg zur letzten Ruhestätte eine rote Ampel."

Da schmunzelte die Pfarrerin auch. Aber alle waren sich einig, dass auch Herrmann nicht ewig vor einer roten Ampel stehen geblieben wäre, mit der offensichtlich etwas nicht in Ordnung war. Und so wurden beim anschließenden Kaffeetrinken in der Gaststätte noch manche traurige und fröhliche Geschichte aus Herrmanns Leben erzählt.

Je schöner und voller die Erinnerung,
desto schwerer die Trennung.
Aber die Dankbarkeit verwandelt
die Qual der Erinnerung in eine stille Freude.
Man trägt das vergangene Schöne
nicht wie einen Stachel,
sondern wie ein kostbares Geschenk in sich.

Dietrich Bonhoeffer

EINE HAARIGE ANGELEGENHEIT

„Beerdigungen mache ich eigentlich gern", so geht es dem jungen Pfarrer durch den Kopf. Und wieder einmal fragt er sich, ob er das eigentlich denken darf. Denn eine Beerdigung ist ja nun wahrlich kein schöner Anlass.

Aber wenn sie gelingt, wenn der Kontakt zu den Angehörigen gut verläuft und er die richtigen Worte findet, dann hat er das Gefühl, etwas wirklich Sinnvolles zu tun. Etwas, das den Trauernden in der schweren Stunde hoffentlich ein wenig Trost schenkt.

Und auch heute traf seine Predigt wohl den Nerv. Er merkt das meistens an den Reaktionen der Trauergemeinde in der Kapelle. Nun stehen sie schließlich alle gemeinsam am Grab. Die Familie wirkt traurig, aber gefasst. Der Sarg steht bereit, um gleich von den Trägern herabgelassen zu werden. Es folgt ein Gebet, das Vater-Unser, ein Bibelwort und der Segen.

Doch plötzlich geschieht das Furchtbare: Eine dicke Spinne seilt sich ab. Irgendwie vom Ast über dem Kopf des Pfarrers. Und sie landet zielsicher auf der Mappe des Theologen. Gerade will er das Gebet lesen, da werden die Zeilen von haarigen Beinen verdeckt.

Und als wäre das nicht unangenehm genug, leidet er schon von Kindheit an unter einer handfesten Spinnenphobie. Ihm wird heiß und kalt. Schweißausbruch. Leichte Panik. Er kann kaum hinsehen, möchte am liebsten weglaufen. Aber er will ja nicht die andächtige Stimmung zerstören. Was sollen die Leute denken, wenn er jetzt ausflippt?

Also reißt er sich zusammen. Er betet laut und versucht dabei, seine Mappe so zu bugsieren, dass die Spinne irgendwie herunterrutscht. Aber es will nicht gelingen. Beim Vater Unser kann er diesmal nicht die Augen schließen, denn er darf keinesfalls das haarige Insekt aus den Augen lassen.

Dass das Tier ihn berühren könnte, ist für ihn ein unerträglicher Gedanke. Also hält er die Spinne auf Abstand. Immer in dem Bemühen, dass niemand seinen einsamen Kampf bemerkt. Die Angehörigen des Verstorbenen haben wahrlich andere Sorgen und sollen sich nicht noch um seine tierischen Probleme kümmern. Die werden aber immer größer, denn kurz scheint es so, als wolle die

Spinne in den weiten Ärmel seines Talars krabbeln. Der Pfarrer zuckt. Aber es soll doch bitte nicht auffallen.

Da plötzlich: Der Störenfried scheint einen kleinen Sprung zu machen, fällt zu Boden, rappelt sich kurz auf und trollt sich davon. Die Anspannung lässt nach, der Geistliche atmet auf, hebt die Arme zum Segen. Und selten hat er die Segensworte am Grab mit solch einem erleichterten, fast freudigen Ausdruck gesprochen wie in diesem Moment. Die Gefahr ist gebannt, die Beerdigung geschafft.

Beim anschließenden Kaffeetrinken in der Gaststätte bekommt der junge Pfarrer viele positive Rückmeldungen auf die Trauerfeier. Und in einem ruhigen Moment nimmt ihn die Familie des Verstorbenen zur Seite: „Herr Pastor, wir haben Sie am Grab beobachtet. Und wir wollten Ihnen sagen: Wie Sie das die ganze Zeit mit der Spinne auf Ihrer Mappe gedeichselt haben – alle Achtung. Das Tierchen wäre Ihnen ja fast in den Talar gekrabbelt. Man hat so gemerkt, wie schlimm das für Sie war. Aber Sie haben das richtig gut gemacht, und am Schluss konnten Sie die Spinne ja sogar abschütteln."

DUMM GELAUFEN

Beerdigung. Da muss man früh dasein. Das ist nicht wie beim Gottesdienst in der Kirche, wo jeder einen Platz bekommt. Und vorne ist sowieso immer etwas frei. Aber auf dem Friedhof, da sieht die Sache schon ganz anders aus. Wenn man da noch einen guten Blick auf die Kränze und Blumengestecke werfen will, dann darf man nicht zu spät erscheinen.

Die drei Damen sind also früh zur Stelle. Ein Nachbar ist gestorben, und ja, das ist natürlich eine traurige Angelegenheit. Auf der anderen Seite verheißt das auch wieder eine Unterbrechung des Alltags. Schwarzes Kostümchen aus dem Schrank holen. Den passenden Hut dazu. Vielleicht sogar den Schleier. Und dann mal sehen, wer denn alles so erscheint. Und natürlich: wer welchen Kranz geschickt hat. Wie groß, welcher Geschmack. Was mag man sich das Andenken an den Verstorbenen kosten lassen?

Die drei Damen sind erfahrene Beerdigungsgäste. Gewissermaßen Routiniers der gepflegten Trauer. Ihnen macht so leicht keiner etwas vor. Ihrem Blick bleibt nichts verborgen. Da vorne, die Angehörigen: Tränen der Trauer? Ha! Das sind doch Krokodilstränen. Dagegen die stille Frau am Ende der Reihe – die scheint wirklich am Verlust zu leiden. Ob das wohl eine Mitarbeiterin war? Warum die wohl so trauert? Na, da kann man sich aber auch das ein oder andere zusammenreimen.

Ein Wort ergibt das andere, und schon sind die drei Damen in der angeregtesten Unterhaltung. „Ach ja?“ „Ach nein!“ „Tatsächlich?!“ So eine Beerdigung kann etwas sehr Belebendes sein.

Zumal heute gleich mehrere Trauerfeiern angesetzt sind. Das haben die drei natürlich mitbekommen. Wofür schaut man denn sonst jeden Tag in die Zeitung. Traueranzeigen – das ist denn gewissermaßen tägliche Pflichtlektüre. Das verheißt doch gleich noch mehr Anschauungsmaterial und Anlass zur Diskussion.

Die Zeit vergeht wie im Flug. So ganz genau bekommt man gar nicht mehr mit, wer da vorne was sagt. Muss man aber auch nicht. Im Grunde weiß man ja, wie es läuft. Und tatsächlich: Endlich setzt sich der Trauerzug in Bewegung. Es geht über den Friedhof, vorbei an den alten Gruften. An den steinernen Becken vorüber, wo man das Wasser für die Blumenpflege abfüllen kann. Das Tempo ist angenehm. Nicht zu schnell, nicht zu langsam; so, dass die drei Damen weiter miteinander tuscheln können, ohne aus der Puste zu geraten.

Der Zug stoppt. Die Trauergemeinde ist an der Grabstätte angekommen. Jetzt müssen auch die drei Damen ruhig werden. Die Pfarrerin erhebt die Stimme. Moment – die Pfarrerin? War das nicht gerade noch ein Pfarrer? Die drei Damen schauen einander verdutzt an.
„... wollen wir heute Hermann Josef Mayring zur ewigen Ruhe geleiten", sagt die Frau im schwarzen Talar.

Die drei Damen sind sprachlos. Hermann Josef Mayring? Das kann doch nicht wahr sein! Fast wollen sie sich schon empören, dass man ihnen die falsche Pfarrerin und den falschen Verstorbenen vorsetzt. Doch dann dämmert es ihnen: Tatsächlich, vorhin, im angeregtesten Gespräch, da war ihnen doch so, als ob da in der Tat bereits ein anderer Trauerzug losgezogen wäre.

Die drei Damen schauen einander an. Das ist ihnen bei all ihren Beerdigungen noch nicht passiert: Sie sind ... dem falschen Sarg hinterhergelaufen.

Zeit
fliegt dahin
wie Wolken im Wind.

Tage fallen
wie Regentropfen
und fließen ins Meer.

Auch wir
sind Teil
des großen Stroms.

Matthias von Ickern

DER KNIRPS

Es regnet. Es ist ein trüber Tag. Die Gesellschaft zieht andächtig zum Grab. Dabei versuchen die Trauergäste dezent, die Pfützen zu umschiffen, die sich mittlerweile großflächig auf den Wegen zwischen den Gräbern gebildet haben.

Helga hält in der einen Hand einen Schirm und in der anderen den Blumenstrauß für ihren Egon. Gleich wird die Feierstunde vorbei sein. Ihr Mann, mit dem sie fast 50 Jahre verheiratet war, wird in die Grube gesenkt. Dann wird der junge Pfarrer noch einmal für Egon beten. Dann folgt der Segen. Dann der Abschied am Grab. So oft hat sie es schon bei anderen Beerdigungen erlebt. Diesmal wird sie selbst als erste dort stehen und die Blumen auf den Sarg werfen, als letzten Gruß.

Wenn es doch nicht so regnen würde. Das macht alles noch trüber. Dabei hatten sie ein erfülltes Leben. Sie kamen zwar beide aus einfachen Verhältnissen und mussten sich in jungen Jahren erst mühsam eine Existenz aufbauen. Aber dann reichte es sogar für ein kleines

Häuschen mit Garten. Und die beiden Söhne konnten beide ihr Abitur machen und hatten jetzt gute Berufe in der chemischen Industrie.

Aber bis heute blieb Helga sparsam, fast ein wenig geizig. Sie kaufte wenig, dann aber sollte es Qualität haben und lange halten. So auch ihr Schirm, ein echter Knirps. Den hatte sie schon etliche Jahre, aber er sah aus wie neu. Früher galt diese Marke fast als Statussymbol gegenüber all den Schirmen, die man irgendwo für ein paar Mark kaufen konnte. Heutzutage ist ein Knirps für viele erschwinglich und wird vermutlich sonstwo produziert, aber für Helga steht er immer noch für deutsche Wertarbeit „Made in Germany". Sie hat einmal gelesen, dass John F. Kennedy als amerikanischer Präsident Schirme dieser Marke für seine Bodyguards bestellen ließ. Und so einen besitzt sie eben auch. Klein, schwarz, stark. Zusammenlegbar und mit Teleskop-Gestänge.

Jetzt ist der Moment gekommen. Die Worte des Pfarrers hat sie bisher kaum wahrgenommen. Zu viele Gedanken an das gemeinsame Leben mit Egon und den Kindern gingen ihr durch den Kopf. Zum Glück waren beide Söhne mit ihren Familien heute gekommen, um sie zu stützen. Aber sie dachte auch an das Zusammensein gleich im Gasthof. Ob genug Brötchen, Suppe und Kuchen für alle da sein würde. Es sind doch mehr Menschen gekommen als gedacht. Und es soll doch alles schön werden. Helga ist eben auch pragmatisch.

Und nun steht sie am Grab, ist nervös und fühlt sich beobachtet. Zum Glück kann sie sich bei ihren Söhnen einhaken, und es hat sogar aufgehört zu regnen. Die Situation ist ihr trotzdem unangenehm, sie mag nicht gern im Mittelpunkt stehen. Sie blickt auf den kleinen Blumenstrauß, dann wieder auf den Sarg und wirft. Aber nicht den Strauß, sondern den Schirm. Hart knallt es auf das Holz. Alle halten den Atem an.

Helga ist die Situation unglaublich peinlich. „Aber das kann doch passieren“, flüstern ihr die Söhne zu. Also lächelt sie schließlich, und auch die Trauergäste entspannen sich wieder. Sie wirft die Blümchen hinterher und tritt dann seitlich neben das Grab. Als ihr schließlich alle kondoliert haben und sich auf den Weg zur Gaststätte machen, wendet sich Helga noch einmal an den Geistlichen, der ebenfalls bis zuletzt am Grab blieb. Still zeigt sie auf das offene Grab.

Der Pfarrer nickt: „Ja, es ist sehr traurig.“ Da flüstert Helga ihm zu: „Das stimmt, aber ich wollte Sie fragen, ob ich den Schirm nachher vielleicht wiederbekommen kann. Das ist ein echter Knirps und ich hänge sehr an ihm.“

Du kamst, du gingst mit leiser Spur,
ein flücht'ger Gast im Erdenland;
woher? wohin? Wir wissen nur:
aus Gottes Hand in Gottes Hand.

Ludwig Uhland

FUZZI

Fuzzi galt als der Trottel aus der Western-Show des Freizeitparks. Mit bürgerlichem Namen hieß er natürlich ganz anders. Und er war sicher auch kein Trottel. Er war vielmehr ein Mensch, der seine Freizeit bescheiden und sehr einsam verbrachte.

„Herr Pfarrer, machen Sie mal nur ein kurzes Gebet in der Friedhofskapelle“, sagt der Bestatter am Telefon: „Es gibt keine Angehörigen. Wir sind unter uns. Nur der Verstorbene, Sie und ich.“ Kein Problem, denkt Pfarrer Lohmann. Und um ehrlich zu sein, kommt ihm das in dieser arbeitsreichen Woche ganz gelegen. Also nur die Kurzliturgie mit Vater Unser und Aussegnung. Dann ab nach draußen auf den Friedhof.

Es ist Hochsommer. Die Beerdigung findet morgens um 9 Uhr statt. Das Thermometer zeigt bereits 30 Grad an. Pfarrer Lohmann zieht sich um und betritt pünktlich auf die Minute die Friedhofskapelle. Da trifft ihn der Schlag. Nicht wegen der unbändigen Hitze, die ihm dank der großzügigen Verglasung dieses Zweckbetonbaus entgegenschlägt. Der Grund ist ein anderer: In der Kapelle sind *alle* Plätze belegt. Restlos. Es ist rappelvoll, wie man so schön sagt. Und der Seelsorger steht mit leeren Händen da. Ohne Ansprache, ohne Manuskript, ohne alles.

Pfarrer Lohmann sammelt sich, geht erst einmal wie gewohnt zum Sarg und bleibt eine Weile an dessen Fußende stehen. Spätestens hier lernt er gewohnte Rituale zu schätzen. Denn der Moment am Sarg verschafft ihm die Zeit, die er benötigt, um sich einen Plan B zu überlegen. Im Zweifelsfall könnte Psalm 23 weiterhelfen – nicht nur dem Verstorbenen, sondern auch dem Prediger.

Der Geistliche ruft sich noch schnell in Erinnerung, was ihm der Bestatter aus dem Leben des Verstorbenen erzählt hat, verneigt sich vor dem Sarg und geht ans Pult. Doch bevor er anfangen kann zu sprechen, muss er zunächst staunen. Denn er merkt jetzt erst: Da sitzt keine Trauergesellschaft in schwarz, sondern ausschließlich Männer mittleren Alters in kaum zugeknöpften Hawaii-Hemden. Quietschbunt und mit fantastischer Aussicht auf frisch frisierte Brusthaar-Toupets und schwere Goldketten.

Lohmann sammelt sich schnell noch einmal, um nicht laut losprusten zu müssen. Dann spricht er die ersten Worte: „Wir sind hier, um uns von Werner Müller zu verabschieden." Da stockt der Pfarrer. Denn der eine Teil der Anwesenden sieht ihn ungläubig an, der andere Teil lächelt verklärt. Bin ich hier auf der falschen Beerdigung oder haben die alle schon was eingeworfen, fragt sich der Geistliche tatsächlich.

Als der dann den Namen des Verstorbenen ein weiteres Mal erwähnt, gucken sich einige der Trauergäste fragend an. Mist, denkt Pfarrer Lohmann, vielleicht doch die falsche Trauerfeier erwischt. Aber der Bestatter steht in der letzten Reihe wie ein Fels in der Brandung und nickt ihm aufmunternd zu.

Na denn. Weiter geht's. Lohmann versucht, die wenigen biografischen Daten, an die er sich erinnern kann, mit Versen aus Psalm 23 zu verbinden. Als er auf den Beruf des Verstorbenen zu sprechen kommt und seinen Künstlernamen „Fuzzi" erwähnt, geht ein Raunen durch die Gemeinde. Man nickt sich erstaunt zu. Okay. Doch die richtige Beerdigung.

Komisch nur, dass viele der Anwesenden immer noch grinsen, als kämen sie von einem anderen Stern. Und daran ändert sich auch draußen auf dem Friedhof nichts. Das Thermometer ist inzwischen auf 32 Grad geklettert, während der Pfarrer im schwarzen Talar über den Gottesacker schreitet. Ihm bricht der Schweiß aus, dabei hatte er schon in der Kapelle das ungute Gefühl, komplett durchgeschwitzt zu sein.

Als der Sarg in der Erde und der Segen gesprochen ist, versucht Lohmann, mit dem einen oder anderen der Anwesenden ins Gespräch zu kommen. Aber egal, was er auch sagt, die Angesprochenen schauen ihn mit großen Augen an und ziehen die Schultern hoch. Es dauert eine Weile, da kommt einer der Hawaii-Hemd-Träger auf den Theologen zu und erklärt in gebrochenem Englisch, dass das alles Arbeitskollegen von Fuzzi seien. Und dass keiner von denen auch nur ein Wort Deutsch verstehe.

Na Klasse, denkt Lohmann, wozu hab ich mir den ganzen Stress gemacht und so geschwitzt? Ich hätte genauso gut aus einem Telefonbuch vorlesen können, ohne dass es auch nur einer der Anwesenden bemerkt hätte. Aber das ist nicht vorgesehen. Und das ist auch gut so, denn eine solche Trottelei hätte selbst der Berufs-Trottel Fuzzi ganz sicher nicht verdient.

04.02.16

BEIDE STEINE

Wilhelm Stein wurde schon vor fast zwanzig Jahren hier begraben. Seine Frau Hanne hat ihn viele Jahre überlebt und nach einer Phase tiefer Trauer noch gute Zeiten verbracht. Besonders die Enkel und Urenkel lagen ihr am Herzen. Alle wohnten im gleichen Ort und so konnte sie viel Zeit mit ihnen verbringen. Hanne war eine liebe Großmutter und Urgroßmutter und die Kinder waren gern mit ihr zusammen. Für ihre Tochter und ihren Sohn war es oft eine Hilfe, dass sie die Kinder hier und da für eine Weile nehmen konnte.

Zuletzt ging es allerdings nicht mehr so gut. Fast pünktlich mit dem 82. Geburtstag ließen ihre Kräfte nach. Die vier Jahre, die ihr dann noch blieben, hat sie zumeist zuhause verbracht. Sie konnte aber noch lesen und fernsehen und freute sich über jeden Besuch aus der Familie. Nur ihre Freunde hatte sie fast alle überlebt. Sie starb mit 86 Jahren friedlich im Kreis ihrer Lieben.

Und nun war es also an der Zeit, sich von ihr zu verabschieden. Der Pfarrer hat eine schöne Ansprache gehalten, da sind sich die Verwandten einig. Und so stehen sie traurig, aber getröstet, am offenen Grab. Die Sargträger vollziehen ihre Aufgabe, ruhig und würdevoll. An Seilen lassen sie den Sarg ins Grab hinab, werfen ihre weißen Handschuhe darauf und treten nach einer Verbeugung zur Seite.

Hanne liegt nun neben Wilhelm. Schon lange vor Wilhelms Tod hatten sich die beiden für ein Familiengrab entschieden, ein sogenanntes mehrstelliges Familiengrab. Hannes Name wird bald neben dem ihres Mannes auf dem Grabstein stehen. Jedesmal, wenn sie ihren Wilhelm hier auf dem Friedhof besuchte, war ihr klar, dass auch sie eines Tages genau an diesem Ort die letzte Ruhestätte finden würde.

Der Pfarrer betet noch einmal für Hanne Stein und greift dann in den Eimer mit Sand, der neben dem Grab steht. Dreimal wirft er eine Handvoll hinein und spricht die bekannten Worte: „Es werde Erde zu Erde, Asche zu Asche, Stein zu Stein." In den erstaunten Gesichtern der Angehörigen merkt er sofort, dass irgendwas nicht stimmt. Fieberhaft überlegt er, dann wird ihm heiß und kalt.

Die Worte. Er hat die Worte falsch gesagt. In der letzten halben Stunde war wohl zu oft der Familienname „Stein" gefallen. Und das ausgerechnet ihm, der gewiss schon 300 Beerdigungen fehlerfrei gehalten hat. Er reißt sich zusammen und mit fester Stimme macht er einen neuen Versuch: „Erde zu Erde, Asche zu Asche, Staub zu Staub.“ Diesmal ist es richtig. Er atmet innerlich auf und beruhigt sich, als er merkt, dass manche der Trauergäste sogar ein wenig schmunzeln.

Nachdem sich die Verwandten, Nachbarn und Freunde von Hanne verabschiedet haben, treten die nächsten Verwandten noch einmal zum Pfarrer und danken ihm für die Beerdigung. „Der Versprecher ist mir ein bisschen peinlich“, erklärt der Geistliche noch einmal zu seinem verbal missglückten Erdwurf. Da zupft ihn die jüngste Urenkelin von Hanne und Wilhelm am Talar und sagt so laut, dass alle Umstehenden es hören können: „Wieso, Pastor? Du hast ja recht: Jetzt liegen beide Steine wieder zusammen!“

Ich habe meinen Kindern gesagt,
dass ich keine öffentliche Beerdigung will.
Aus Angst vor den Jacob Sisters!
Mit ihren komischen Pudeln
zerstören sie doch jede Atmosphäre.

Rudi Carrell

SEHR BETRETEN

Der dynamische Pfarrer hatte sein Handwerk gelernt. Und dazu gehörte eben auch, wie bei allen seiner Zunft, Beerdigungen zu gestalten. Für ihn war das immer eine intensive Arbeit, die viel Aufmerksamkeit und Energie in Anspruch nahm. Über die Jahre wurden es hunderte von Trauerfeiern, die er leitete. Manche verliefen unaufgeregt und unauffällig, etliche gingen ihm selbst an die Nieren. Je länger er als Geistlicher in der Kleinstadt am Rande des Ruhrgebietes tätig war, umso mehr der Verstorbenen kannte er gut.

Immer jedoch war ihm daran gelegen, dass eine Beerdigung nüchtern und ernst verlief, damit das Ganze nicht zu einem „Trauerevent“ verkam.

Und doch erlebte auch er Begebenheiten auf dem Friedhof, bei denen dann doch alles ganz anders kam als geplant und wo sich manchmal ein ganz spezieller Humor einstellte, wie er niemals planbar ist. Eine dieser Begebenheiten würde er nie vergessen.

Er hatte eine Trauerfeier mit anschließender Beisetzung der Urne durchzuführen. Der Verstorbene war ein Mann um die 50 gewesen, den eine tückische Krankheit heimgesucht hatte. Es gab keine Heilung.

Beim Trauerbesuch hatte die Witwe des Verstorbenen die Leidensgeschichte ihres Mannes ausführlich geschildert. Es war also kein leichter Fall. Auch nicht für einen erfahrenen Seelsorger.

Bei der Beerdigung war schließlich nicht nur die Familie anwesend, sondern es kamen auch viele Freunde des Verstorbenen, darunter einige junge Männer, deren Körperbau auf ein intensives Training im Fitnessstudio schließen ließ. Überhaupt war das Äußere bei dieser Trauerfeier etwas üppiger als gewöhnlich: mehr Blumen, mehr Kerzen, mehr Musik.

Besonders auffällig aber war die imposante Überurne aus massivem weißen Marmor, die die Familie für die Beisetzung gewählt hatte.

Schon beim Betreten der Trauerhalle fiel dem Pfarrer dieses besondere Stück auf, war er doch sonst nur einfache Überurnen aus Blech oder Holz gewohnt. Von Beginn der Feier an beschäftigte ihn daher schon der Gedanke: „Wie soll dieses Monstrum von Urne bloß transportiert werden?“ Die etwas schwächlich aussehenden, seitlich an der Überurne angebrachten Messingringe trugen nicht zu seiner Entspannung bei. Aber der Bestatter beruhigte ihn vor Beginn der Andacht: „Alles kein Problem, das hält schon!“

Und so nahm die Feier ihren Lauf. Nach Gebet und Segen zogen zwei Mitarbeiter des Beerdigungsinstituts ein schmales Band durch die besagten Ringe, um das Ganze damit bis zur letzten Ruhestätte zu transportieren. Feierlich erhob sich die versammelte Gemeinde zu diesem Anlass und folgte mit ebenso feierlicher Miene den beiden Trägern mit der Urne. Der Pfarrer ging der Gemeinde voran, den Blick fest auf die Urne vor sich gerichtet.

Indes kurz nach Verlassen der Trauerhalle bogen sich die beiden Messingringe langsam, aber sicher, nach oben. Sie waren offensichtlich doch nicht stabil genug, um das Gewicht der schweren Marmorurne zu tragen.

Die Träger bemerkten das nicht, wohl aber der Geistliche. Aber ihm blieb keine Zeit, noch etwas Warnendes zu rufen: Die weiße Marmorurne rutsche ab, fiel auf den Boden, der schwere Deckel sprang durch den Aufprall auf und die im Innern enthaltene Kapsel mit der Asche des Verstorbenen kullerte heraus. Alle Versammelten, einschließlich Träger und Bestatter, erstarrten vor Schreck und sahen fassungslos dabei zu, wie die Aschekapsel den Weg hinunterrollte, Richtung Ausgang, als wollte sie den Trauerzug zur Eile antreiben. Allein der Pfarrer, der so etwas schon geahnt hatte, war offenbar noch in der Lage zu reagieren. Nach einer Schrecksekunde raffte er geistesgegenwärtig seinen langen Talar in Hüfthöhe zusammen, der ihn sonst am schnellen Laufen gehindert hätte. Und so spurtete er der Aschekapsel hinterher. Nach etwa zehn Metern erwischte er sie schließlich und konnte sie mit beiden Händen festhalten.

Langsam kehrte er zur ungläubig starrenden Trauergemeinde zurück und legte die Kapsel behutsam in die unversehrte Marmorurne. Der Bestatter, immer noch sprachlos, verschloss das Ganze wieder. Der Seelsorger beruhigte mit wenigen Worten die Trauergemeinde und alle zusammen setzten ihren Weg zum Grab fort. Mittlerweile hatten sich einige der muskelbepackten Trauergäste der schweren Urne angenommen und übernahmen selbst diesen letzten Dienst für ihren verstorbenen Freund.

Am Grab angekommen stellten sie das Marmorbehältnis ab, und der Bestatter versuchte nun, die große steinerne Urne in das dafür vorgesehene Grab zu versenken. In diesem Moment wurde deutlich, dass der Friedhofsgärtner falsch gemessen und entsprechend die Grube nicht groß genug ausgehoben hatte. Die Urne passte nicht ins Grab.

Einigen der Anwesenden kam es mittlerweile so vor, als weigerte sich der Verstorbene auf geheimnisvolle Weise mit aller Macht dagegen, sich in seine letzte Ruhestätte zu begeben.

Doch der Bestatter, ein bereits etwas betagter Mann, verlor angesichts der zweiten Panne an diesem Tag die Nerven. Die fassungslos dreinschauende Gemeinde musste miterleben, wie er sich neben die Urne stellte und schließlich versuchte, diese mit den Füßen in das zu klein ausgehobene Erdloch zu treten. Und wirklich: Nach einigen schweißtreibenden Versuchen rutsche sie tatsächlich in das für sie vorgesehene Grab.

Dem Pfarrer hat sich dieses Bild ins Gedächtnis eingebrannt. Doch bei aller Bestürzung fand die Gemeinde noch zu einem angemessenen Abschied am Grab. Der Pfarrer betete zum Abschluss sicherlich auch ein wenig für sich selbst. Dass er nämlich solch skurrile Zwischenfälle nicht allzu oft erleben möge.

Und meine Seele spannte
weit ihre Flügel aus,
flog durch die stillen Lande,
als flöge sie nach Haus.

Joseph Freiherr von Eichendorff

ROTLICHTMILIEU

Mit einem Anruf fing alles an. Die Pfarrerin erkannte sofort die Stimme des Bestatters: „Frau Pastorin! Da müssen wir jetzt durch! Herr M. ist verstorben, und wir sollen die Bestattung übernehmen." Die Geistliche kannte die Familie M. aus ihrer Gemeinde, und sie wusste, dass Herr M. eine Größe im Rotlichtmilieu war. „Na, das wird also keine Beerdigung wie jede andere", da war sich die Theologin sicher.

Am Tag der Bestattung bestätigte sich das tatsächlich auf beeindruckende Weise: Ein Großaufgebot der Polizei hatte den Friedhof weiträumig gesperrt. Selbst die Pfarrerin wurde erst nach eingehender Prüfung und dank ihrer ausgeprägten Überzeugungskünste schließlich durchgelassen.

In der Kapelle hatten sich bereits die Sargträger versammelt. Und das waren Sargträger der besonderen Art: acht schwergewichtige Mitglieder eines berühmt-berüchtigten Motorradclubs. „Hoffentlich geht das gut", sagte die Pfarrerin leise zum Bestatter: „Die acht Jungs wirken durchaus kräftig und motiviert, aber sind ja doch eher unerfahren."

Die Trauerhalle war mittlerweile bis zum Bersten gefüllt von Männern in schwarzen Anzügen mit Sonnenbrillen – ein eher ungewöhnlicher Anblick in Friedhofskapellen. Und dazu gab es durchgestylte Frauen jüngeren Alters.

Als Thema hatte sich die Pastorin „Jesus als Bodyguard" ausgewählt, womit sie offensichtlich den Nerv der anwesenden Trauergäste traf.

Nach dem Ende der Trauerfeier trugen die acht „schweren Jungs" den Sarg hinaus, begleitet vom Bestatter und der Pfarrerin. Kaum verließen sie die Trauerhalle, wurden sie von Fernsehkameras empfangen und nicht mehr aus den Augen gelassen. Der Weg zum Grab war gesäumt von Schaulustigen, die es sich teilweise mit Gartenstühlen am Wegesrand gemütlich gemacht hatten. Der Friedhof als Laufsteg!

Am Grab angekommen, wäre der Sarg fast aus den Händen der unerfahrenen Träger gerutscht. Aber im letzten Moment fingen sie sich und den Sarg, und die Feier wurde von der Pastorin feierlich beendet.

Aber das Staunen ging weiter, als der Sänger Christian Anders erschien. Er war ein Freund des Verstorbenen und wollte noch ein Lied anstimmen. Lässig stellte er seinen Fuß auf die Kante des offenen Grabs und sang für Herrn M.: „Es fährt ein Zug nach nirgendwo …“

DIE FANFARE

Otto liebt Fanfaren. Trompeten, Posaunen, Hörner – stundenlang kann er zu Hause in seinem Lehnsessel sitzen und den Bläsern zuhören. Mag Otto auch sonst noch so sparsam sein, beim Thema Musik gönnt er sich nur das Beste. Eine erstklassige Musikanlage, Musikboxen der Oberklasse. Und eine CD- und Plattensammlung, die Otto über Jahrzehnte hin zusammengetragen hat.

Otto hat da einen ganz weiten Geschmack. Er swingt mit, wenn Glenn Miller mit seinen Jungs aufspielt. Er liebt es, wenn das Saxophon das Peter-Gunn-Thema von Henry Mancini rauh und schmutzig überbläst. Und selbst die Titelmelodie der alten Fernsehserie „Die Waltons" hört er sich immer wieder gerne an; gerade, weil die Trompete dort immer ein wenig schräg zu spielen scheint. Hauptsache, es sind Bläser.

Auch Otto bläst ins Blech: Im Posaunenchor der Kirchengemeinde spielt er die Tuba. Ganz bescheiden als Amateur. Er kommt da nicht annähernd an die großen

Vorbilder heran. Aber für Otto ist es die Erfüllung. Mit Ernst und Eifer übt er fleißig und regelmäßig die Basslinien, die er im Kreis der Mitbläserinnen und -bläser beisteuern darf.

Ottos große Leidenschaft aber ist die klassische Musik. Mahlers Symphonie Nummer 5 – da geht ihm das Herz auf. Petruschka von Strawinsky. Die Pinien von Rom aus der römischen Trilogie von Ottorino Respighi: Einmal so die Trompete spielen können, nur ein einziges Mal – das wär's.

Vor einiger Zeit hat er sich eine Video-DVD gekauft. Darauf war zusammengestellt, wie die leitenden Bläser der Berliner Philharmoniker junge Meisterschüler aus der ganzen Welt unterrichteten. Das war für Otto wie eine Offenbarung. Als er sah, wie ein junger Mann – dessen technisches Spiel an der Posaune bereits über alle Zweifel erhaben war – wieder und wieder Wagners „Ritt der Walküren" intonieren musste („Noch einmal! Und noch einmal! Das ist keine fröhliche Angelegenheit, da schreiten Kriegerinnen über das Schlachtfeld!"), weil der Lehrer noch immer nicht zufrieden war, da war ihm, als habe er mit einem Mal Gott selbst ins Herz geblickt: Es geht bei der Musik nicht um das Aneinanderreihen von richtigen Tönen. Sondern darum, eine eigene Welt, ein eigenes Universum entstehen zu lassen. Und sei es nur für einen Augenblick. Einen Kosmos, den der

Mensch heraufbeschwor. Das war: die Schöpfung nacherzählen.

Als der völlig erschöpfte junge Mann am Ende der Unterrichtsstunde endlich den Ansprüchen seines Lehrers Genüge getan hatte, stiegen Otto die Tränen in die Augen: Er konnte geradezu fühlen, nein: Er konnte es tatsächlich sogar sehen, wie die Walküren in ihren Rüstungen über das Schlachtfeld fegten, knietief im Blut watend, um zu entscheiden, welche Krieger sie dem irdischen Leben entreißen und sie in die ewigen Hallen führten.

Der „Ritt der Walküren" war es auch, mit dem Otto neulich für große Aufmerksamkeit gesorgt hat. Und zwar, indem er sie selbst spielte. Allerdings nicht auf der Posaune. Und das kam so:

Otto ist nämlich Bestatter. Beerdigungen zu organisieren und durchzuführen ist sein Beruf. Die Profession bringt es mit sich, dass man seriös, souverän und mit Würde auftritt. All das beherrscht Otto perfekt. Bei dieser einen Beerdigung allerdings gab es eine kleine Abweichung.

Otto stand am Grab. Im schwarzen Anzug, wie immer. Gerade ließ er mit seinen Gehilfen den Sarg hinab. Das ist eine anstrengende Angelegenheit, noch immer geschieht das per Hand und mit Seilen. Just in dem

Augenblick, da Otto das Signal gegeben hatte, den Sarg abzusenken, schellte sein Handy. Selbstverständlich hätte Otto das Gerät ausgeschaltet haben müssen. Oder zumindest auf leise gestellt. Warum auch immer, diesmal hatte Otto es vergessen.

Laut tönte der Klingelton über den ansonsten totenstillen Friedhof. Und Otto hatte keine Chance, das Telefon abzustellen; er konnte ja schlecht das Seil mit dem Sarg loslassen. Es war – völlig verrückt. Einerseits natürlich: hochnotpeinlich. Andererseits aber auch: sehr bewegend. Sie betteten den Verstorbenen zur ewigen Ruhe. Und mit großer Dramatik und in voller Länge erklang dazu, was Otto sich als Klingelton auf das Handy geladen hatte: Wagners „Ritt der Walküren".

Tatatataaa ta – tatatataaa ta …

AUS AFRIKA

Was für ein schöner Name, denkt sich Margret. Heute ist mal wieder Beerdigung. Der Mann einer ihrer Bekannten us dem Kirchenchor ist gestorben. Da geht man mit ans Grab.

Und da steht jetzt dieser Pfarrer aus Afrika. Frederic, schwärmt Margret in Gedanken. Und wieder: Was für ein schöner Name. Den Nachnamen hat sie sich nicht merken können. Irgendetwas mit U-Bu-Bu oder so. Egal. Eine Beerdigung mit einem Pfarrer aus Afrika, das ist tatsächlich mal was anderes.

Was für eine große Menschenmenge, denkt sich Frederic Mbutu. Sicher, gemessen an seinem Heimatdistrikt im Kongo ist das noch immer nicht sehr viel; da ist bei einer Beerdigung das ganze Dorf auf den Beinen. Aber im Vergleich zu den normalen Gottesdiensten, die er in seinen bisher drei Monaten Austauschdienst in Deutschland gehalten hat, ist das doch schon eine Menge. Der Verstorbene war Mitglied im Kirchenvorstand und im Kirchenchor und sehr beliebt. Das erklärt, warum sich jetzt Dutzende auf dem Friedhof versammelt haben. Aber alle in schwarzer Kleidung! Und so traurig! In Afrika singt man bei einer Beerdigung von der Freude, dass der Verstorbene jetzt heimgeht zum himmlischen Vater ins Paradies. Davon ist hier, bei Frederics erster Beerdigung auf einem deutschen Friedhof, nichts zu merken.

Mal schauen, wie sich der Pfarrer aus Afrika – Frederic! – bei seiner ersten Beerdigung so macht, denkt Margret. Sie selbst mag ja diese getragene Atmosphäre bei Trauerzeremonien. Der feierliche Ernst gibt ihr Halt. Aber in den Sonntags-Gottesdiensten, die sie bisher mit Frederic erlebt hat, schäumte der geradezu vor Energie und Lebensfreude. Immer wieder hatte der Mann mit dem schwarzen Talar und dem schwarzen Gesicht die Liturgie unterbrochen, um auf die Menschen in den Kirchenbänken zuzulaufen und sie etwas zu fragen, sie zum Aufstehen und Mitsingen hochzuzerren, um mit Händeklatschen und Tanzen Stimmung in den Gottesdienst zu bringen.

Fast wie Gotthilf Fischer damals im Fernsehen. Da hatten ihm jugendliche Scherzbolde bei einer riesig großen Tanzveranstaltung irgendetwas ins Bier gemischt. Nach anfänglicher Irritation fanden viele ihrer Freundinnen Frederics neuen Stil knuffig. Na ja, sie auch, wenn sie ehrlich ist.

Bislang, denkt sich Frederic Mbutu, habe ich mich ganz gut gehalten. Er hat sich natürlich gründlich auf die Trauerfeier vorbereitet. Auch wenn es ihm schwerfällt, hat er sich strikt an den Ratschlag seines Amtsbruders im Pfarramt gehalten und auf alle Tanz-, Klatsch- und Gesangseinlagen verzichtet.

Die Andacht in der Kapelle ist vorbei, der Zug der Trauernden am Grab angekommen. Jetzt, so hat er es beim gewissenhaften Studium der Agende gelernt, tritt der Pfarrer an den Sarg und spricht die Trostworte. Auch das erscheint ihm im Vergleich zu Afrika merkwürdig. Aber so ist das wohl hier in Deutschland.

Mein Gott, was macht der denn da? Erschrocken reißt Margret die Augen auf. Und mit ihr sämtliche anderen Trauergäste auf dem Friedhof. Bislang war alles gutgegangen. Frederic hatte so viel Würde gezeigt, so viel Haltung. Und jetzt … geht der Pfarrer aus Afrika zum Sarg, holt aus wie Andy Brehme beim Elfmeter … und tritt an den Sarg! Mit Karacho!

Münder stehen offen. Luftschnappen ist zu hören. Die Menschen gaffen einander an. Dann wieder zum Pfarrer. Der schüttelt lässig sein Bein aus und macht dann ungerührt weiter: „Erde zu Erde …“ Okay, einmal tief durchatmen. Die Gemeinde beruhigt sich. Auch Margret denkt: Na gut. So machen die das wohl in Afrika.

Was ist sterben?

Ein Schiff segelt hinaus und ich beobachte,
wie es am Horizont verschwindet.
Jemand an meiner Seite sagt:
„Es ist verschwunden." – Verschwunden wohin?
Verschwunden aus meinem Blickfeld –
das ist alles.
Das Schiff ist nach wie vor so groß,
wie es war, als ich es gesehen habe.
Dass es immer kleiner wird und es dann völlig
aus meinen Augen verschwindet, ist in mir,
es hat mit dem Schiff nichts zu tun.
Und gerade in dem Moment, wenn jemand
neben mir sagt, es ist verschwunden,
gibt es andere, die es kommen sehen,
und andere Stimmen, die freudig aufschreien:
„Da kommt es!" – Das ist sterben.

Charles Henry Brent

MISSVERSTÄNDLICH

Es gibt Dinge, die sollte ein Pfarrer nicht sagen. Oder eine Pfarrerin. Schon gar nicht auf dem Friedhof. Thomas starrt ins Glas. Schon komisch, was sich da alles in den vergangenen Jahren geändert hat. Als er noch kein Pfarrer war, sondern ein Dreikäsehoch, der in den Kindergottesdienst ging, da war der „Herr Pfarrer" noch eine Respektsperson. Im Ansehen stand er sogar noch über dem Bürgermeister.

Zumindest in dem kleinen Ort, in dem Thomas groß geworden war. Der Geistliche war eine Autorität und immer auch den üblichen Maßstäben ein wenig entrückt. Der Pfarrer war Akademiker, er galt als gebildet und beherrscht. Wenn es irgendwo Streit gab, musste der Pfarrer schlichten. Selbstverständlich hatte er eine Frau, die kräftig in der Gemeinde mitarbeitete. Und eine ganze Horde von Kindern, die durch den großen Garten des Pfarrhauses stoben.

Das änderte sich schon, als Thomas dann ins Theologiestudium ging. Da war eine ganz andere Generation von zukünftigen Pfarrerinnen und Pfarrern am Start. Viele lehnten die moralische Sonderrolle des Pfarrers in der Gemeinde ab.

Und heute? Manchmal kommt es Thomas so vor, dass er froh sein kann, wenn die Leute überhaupt noch wissen, was ein Pfarrer ist. Na ja, Thomas starrt ins Glas. Vielleicht nicht ganz so schlimm. Aber die Richtung stimmt schon.

Auf der anderen Seite hat das eben auch sein Gutes. Der Pfarrer steht längst nicht mehr so unter Aufsicht wie früher. In seiner Freizeit kann sich Thomas meist bewegen wie jeder andere auch. Er kann seine Jeans tragen. Oder auch unrasiert aus dem Haus gehen.

Oder halt hier in der Kneipe sitzen und einfach mal den Abend bei einem Bier ausklingen lassen. Thomas nimmt einen tiefen Schluck.

Und doch gibt es noch Dinge, die man einfach nicht tun oder sagen sollte, wenn man Pfarrer ist. Einer Frau auf offener Straße nachschauen, das ist so eine dumme Idee. Oder sehr aufmerksam zu Konfirmandinnen sein. Das gibt sofort Gerede. Komisch, denkt Thomas, und nimmt noch einen Schluck. Hat meist irgendwie mit der Beziehung der Geschlechter zu tun, wenn die Leute tuscheln. Da hatte die Kirche ja immer schon Schwierigkeiten.

Und dann diese Beerdigung heute Morgen. Noch einmal setzt Thomas das Bierglas an. Alles war gut gelaufen. Eine Bestattung wie aus dem Lehrbuch. Feierlich, ergreifend. Im Licht der Hoffnung. Und sehr seriös.

Nur, dass ihnen dann auf dem Rückweg vom Grab zur Trauerkapelle die Kollegin und Pfarrschwester aus dem anderen Pfarrbezirk entgegenkam. Auch sie hatte eine Beerdigung und schritt mit der Trauergemeinde in Richtung Grab. Wäre alles nicht so wild gewesen. Wenn die Kollegin nicht plötzlich wild zu winken angefangen hätte. „Hallo, Thomas!", rief sie ihm quer über den Friedhof zu.

Auch das wäre noch kein Beinbruch gewesen. Am Abend vorher hatten sie noch miteinander telefoniert. Es ging um Haushaltspläne, Sitzungsprotokolle, Perspektiventwicklung. All diese spannenden Dinge, deretwegen man garantiert nicht Theologie studiert hat. Irgendwann merkten sie, dass ein Telefonat dafür nicht ausreichen würde. Also verabredete man sich auf den nächsten Nachmittag, nach den Beerdigungen. Genauen Ort und Zeitpunkt könnte man dann ja noch ausmachen.

Eigentlich hätte die Kollegin wissen müssen, dass das Übermitteln einer Nachricht auf dem Friedhof keine gute Idee ist; schon gar nicht, wenn man dabei eine Entfernung von 20 Metern zu überbrücken hat. Allein das hätte schon für genug Gerede gesorgt. Thomas schüttelt den Kopf. Und jetzt ist auch noch sein Bierglas leer. Aber wenn man dann noch laut und für alle vernehmlich quer durch die Landschaft ruft: „Gleich zu dir oder zu mir?“ – da darf man sich anschließend nicht wundern, wenn die Gerüchteküche zu brodeln beginnt.

Nichts
ist gleichgültig.
Nichts
geht verloren.
Alles,
was wir tun
oder nicht tun,
kann unendliche
Perspektiven haben.
Keine Flucht
kann
auf die Dauer
gelingen.
Es kommt
alles
noch einmal
zur Sprache.

Helmut Gollwitzer

ALLES VERSCHWOMMEN

Die Brille. Wo ist die Brille?

Sie steckt die Hände in die Tiefen ihres Talars. Nein, auch in den Taschen ihres pechschwarzen Dienstgewandes findet sich keine Brille. In der Handtasche hat sie schon nachgeschaut, sogar schon zweimal. Ob sie die Brille im Auto liegen gelassen hat? O Jesus, der Parkplatz ist zu weit weg, um noch mal schnell hinzulaufen. Ohne Brille wird das hier gleich richtig peinlich.

Anders als die meisten ihrer Freundinnen, Schulkameraden und Studienkollegen hatte für Sibylle viele Jahre keine Notwendigkeit bestanden, eine Brille zu tragen. „Du bist wahrhaftig eine Seherin“, pflegte ihre Mutter zu sagen; eine Anspielung auf Sibylles Namen, der in der griechischen Mythologie die göttlich inspirierten Seherinnen und Prophetinnen bezeichnete. Dem jungen Mädchen war seine Sehstärke wie eine Selbstverständlichkeit vorgekommen. Jetzt, wo sie seit einiger Zeit eine Lesebrille brauchte, hätte sie viel darum gegeben, die scharfen Augen ihrer Jugend zu besitzen.

Vor allem in diesem Moment.
Angehörige, Freunde und Bekannte haben bereits Platz genommen. Die Trauerkapelle ist nahezu gefüllt. Ein gutes Zeichen: Der Verstorbene war offenbar Zeit seines Lebens in einen Kreis von nahen und nächsten Mitmenschen eingebunden. Ja, denkt Sibylle, das ist gut, sehr gut.

Aber wo ist die Brille?
Sie mag eigentlich Beerdigungen. Lieber als Hochzeiten. Dort hat sie oft den Eindruck, dass die Leute vor lauter Aufregung kaum noch zur Besinnung kommen. Und mit immer ausgefalleneren Wünschen auflaufen. Können wir im Gottesdienst etwas von Helene Fischer singen? Darf der Kegelclub des Bräutigams einen Sketch vortragen? Unser Hund Charly soll die Trauringe zum Altar bringen, ist das in Ordnung?

Nein, Beerdigungen sind ihr eindeutig lieber. Gerade das Gespräch davor mit den Angehörigen. Da geht es um ernste, wichtige Angelegenheiten. Dinge, die jeden Menschen angehen; die seine Existenz betreffen und in Frage stellen – ob der Mensch das sonst im Alltag wahrhaben will oder nicht. Im Angesicht des Todes kann das Leben plötzlich eine ganz neue Tiefe gewinnen.

So war das auch im Gespräch mit der Witwe und den Kindern des Verstorbenen gewesen. Ein gutes Gespräch.

Sibylle hat sich Notizen gemacht, um sie in die Ansprache in der Trauerkapelle einzubauen.

Und die soll sie jetzt gleich halten. Aber ohne Brille kann die Pfarrerin kaum erkennen, was sie da in ihr Ringbuch geschrieben hat.

Wenn es wenigstens nicht ganz so schummerig wäre. Die Kapelle hat kleine, wunderschöne Fenster aus buntem Mosaikglas. Wenn die Sonne scheint und in einem ganz bestimmten Winkel zur Gebäudewand steht, fallen ihre Strahlen in die ansonsten fast dunkle Kapelle. Eine atemberaubende Mischung aus Andacht und Staunen, die schon manchem Andachtsteilnehmer eine Ahnung von Ehrfurcht verschafft hat, der bei sich bislang keinerlei religiöse Neigung vermutet hätte.

Bei hellem Licht gäbe es für Sibylle wenigstens eine kleine Chance, ihre Handschrift auch ohne Brille zu entziffern. Zumindest die groben Züge ihrer Gedanken könnte sie sich wieder in Erinnerung rufen. Aber der Himmel ist wolkenverhangen, die Kapelle fast dunkel. Sibylle tritt dezent vom Lesepult weg. Die Glocke hat bereits ausgeläutet, sie müsste jetzt anfangen.

Trotzdem geht sie erst noch zum Küster rüber. Gemessenen Schrittes, damit niemand die Unruhe bemerkt, die sich in ihr allmählich zur Panik steigert. So gut das

Gespräch mit den Angehörigen war – seitdem hatte Sibylle bereits zwei weitere Trauergespräche, eine Kirchenvorstandssitzung, eine Andacht im Abendkreis. Und die Predigt für den Sonntagsgottesdienst musste auch noch vorbereitet werden. Mal ganz abgesehen von den vielen kleinen Dingen, die einem der Alltag ja auch noch zu bewältigen abverlangt.

Kurz: Sibylle hat kaum noch eine klar umrissene Vorstellung davon, was sie der Trauergemeinde über den Verstorbenen jetzt gleich erzählen wollte. Sie braucht die Brille!

Deshalb fragt sie den Küster. Auch der trägt Brille. Ob er ihr die ausleihen könne. Sie setzt das Glas kurz auf. Und gibt es gleich wieder zurück. Was auch immer des Küsters Sehprobleme sind – mit dieser Brille sieht Sibylle noch weniger als ohne.

Sie geht zwei Schritte weiter. Da steht der Bestatter. Nein. Das, was der trägt, ist eine Sonnenbrille; Himmel, selbst bei diesem Wetter und in der dunklen Kirche. Sibylle holt tief Luft. Okay, da muss sie jetzt durch. Sie geht zurück zum Pult.

Und in diesem Augenblick passiert es. Der Himmel reißt auf, die Sonne steht im exakt richtigen Winkel. Für ein paar Minuten ist die Pfarrerin in warmes, helles Sonnenlicht getaucht. Mit ihr das Lesepult. Und ihre Notizen. Sibylle durchströmt ein tiefes Gefühl von Dankbarkeit – und, ja; auch von Ehrfurcht. Natürlich weiß sie, die akademisch gebildete Theologin, dass es keinen „Wettergott“ gibt; dass Sonne, Wind und Regen von der Stellung der Planeten, der Erdrotation und den Luftströmungen abhängen. Und doch, in diesem Augenblick, erscheint es ihr, als ob Gott ihr stilles Flehen gehört hätte.

Sie nimmt das Licht als Zeichen des himmlischen Beistandes. Und mit umso tiefer empfundener Inbrunst beginnt sie die Trauerandacht: Im Namen des Vaters, des Sohnes und des Heiligen Geistes …

Wenn ich noch einmal zu leben hätte,
... dann würde ich mehr Fehler machen; ich würde versuchen, nicht so schrecklich perfekt zu sein,
... dann würde ich mich mehr entspannen und vieles nicht mehr so ernst nehmen,
... dann wäre ich ausgelassener und verrückter; ich würde mir nicht mehr so viele Sorgen machen um mein Ansehen,
... dann würde ich verreisen, mehr Berge besteigen, mehr Flüsse durchschwimmen und mehr Sonnenuntergänge beobachten,
... dann würde ich mehr Wein trinken,
... dann hätte ich mehr wirkliche Schwierigkeiten als nur eingebildete,
... dann würde ich früher im Frühjahr und später im Herbst barfuß gehen,
... dann würde ich mehr Blumen riechen, mehr Kinder umarmen und mehr Menschen sagen, dass ich sie liebe.
Wenn ich noch einmal zu leben hätte, aber ich habe es nicht.

Ein 85-jähriger Mann auf dem Sterbebett

GLOCKENGELÄUT

Es gibt Menschen, die sind mit einem Sonnenschein im Herzen geboren. Rolf ist solch ein Mensch. Der Pfarrer bewundert ihn dafür. Egal, ob der Himmel grau ist oder blau, ob die Sonne scheint oder der Regen fällt, Rolf hat immer beste Laune.

Neulich – es war einer dieser Tage, an denen der Pfarrer am liebsten gar nicht aufgestanden wäre, weil es regnete, die Kaffeemaschine streikte und dann auch noch eine schwierige Dienstbesprechung anstand mit dem Küster, dem Kirchmeister und dem Architekten wegen der Renovierung des Gemeindehauses – neulich also saß der Pfarrer an seinem Schreibtisch und versuchte, ein paar geordnete Gedanken zu Papier zu bringen. Da schellte es an der Haustür. Die Nachbarin war's, und sie teilte ihm aufgeregt mit: Herr Pfarrer, der Wind hat den Zaun an der Kirche umgerissen.

Na toll. Das auch noch.
Der Pfarrer überlegte einen Augenblick. Dann rief er Rolf an. Oder genauer: Rolfs Eltern. Denn bei denen

wohnt er immer noch. Rolf ist so etwas wie ein Faktotum in der Gemeinde. Genau genommen hat er da keine offizielle Funktion. Aber er ist immer und überall dabei. Und ohne dass man ihn bitten müsste, packt er mit an. Als der Pfarrer in der Gemeinde anfing, war Rolf da. Rolf, das sagen alle, versprühte schon als Kind gute Laune. Und dabei blieb es auch: Obwohl Rolf älter und größer geworden war, blieb er im Geiste ein Kind. Und er blieb freundlich.

Ob Rolf ihm wohl kurz zur Hand gehen könnte? Klar, kein Problem. 10 Minuten später stand Rolf vor der Tür. „Was gibt's zu tun, Herr Pfarrer?", fragte er gleich. Natürlich mit einem Lächeln auf den Lippen. „Ich befürchte, eine Menge", antwortete der Pfarrer. Dann ging er mit Rolf zur Kirche und sah sich den Zaun an. O weh. Der lag nun wirklich flach auf dem Boden. Aber für Rolf schien das kein Problem zu sein. „Das mache ich schon", rief er fröhlich. „Das kann doch einen Seemann nicht erschüttern."

Das sagte Rolf oft: Das kann doch einen Seemann nicht erschüttern. Diese Textzeile aus dem alten Schlager schien in seinem Kopf einen festen Platz zu haben.

Rolf war auch gerne bei Beerdigungen dabei. Auch da hatte er eigentlich keine fest zugewiesene Aufgabe. Trotzdem fand sich immer irgendetwas, bei dem Rolf mit anpacken konnte. Hier einen Blumenkranz zurechtrücken. Dort einer Dame um das Grabloch herumhelfen. Oder die Fernbedienung für die Glocken bedienen.

Denn auch so etwas gab es in dieser Gemeinde: ein kleines Kästchen mit einem Sender, mit dem per Funk die Glocken des Kirchturms gesteuert werden konnten. Und manchmal durfte eben Rolf das tun.

Bei einer dieser Beerdigungen geschah das Malheur: Rolf rutschte der Sender mit der Fernbedienung aus der Hand. Plumps – das Ding war ins Grab gefallen. Ungläubig schaute Rolf dem Kästchen hinterher. Aber da war nichts zu machen. Das Gerät lag tief unten auf dem Sarg. Wie sollte man da jetzt noch drankommen?

Was tun? Ehe irgendjemand reagieren konnte, rief Rolf laut: „Ich hole eine Leiter!“ und war verschwunden. Dem Pfarrer blieb nichts anderes übrig, als mit der Liturgie weiterzumachen.

Was im Grunde kein Problem gewesen wäre, wenn nicht die ganze Zeit über die Glocken weitergeläutet hätten. Nicht nur, dass das ordentlich laut war – denn der Friedhof lag direkt neben der Kirche. Nein, so langsam wurde der Pfarrer auch nervös, weil er in Sorge war, irgendjemand könnte das anhaltende Glockengeläut als Alarmsignal werten und die Polizei rufen. Oder die Feuerwehr.

Oder … nein, der Pfarrer wollte da gar nicht weiterdenken. Wo Rolf bloß blieb?

Endlich kam Rolf. Außer Atem, aber eine Leiter auf der Schulter. Ohne sich um die Liturgie zu kümmern, stellte er die Leiter ins Grab, kletterte herab, schnappte sich den Sender, drückte auf den Knopf … die Glocken schwangen aus und verstummten. Es war Ruhe.

Die Erleichterung war geradezu mit Händen greifbar. Da machte es auch fast nichts mehr aus, dass Rolf wie ein Triumphator dem Grab entstieg, die Hand mit der Fernbedienung in die Höhe reckte und laut und vernehmlich rief: „Das kann doch einen Seemann nicht erschüttern!“

Beim Aufgang der Sonne
und bei ihrem Untergang
erinnern wir uns an sie

Beim Wehen des Windes
und in der Kälte des Winters
erinnern wir uns an sie

Beim Öffnen der Knospen
und in der Wärme des Sommers
erinnern wir uns an sie

Beim Rauschen der Blätter
und in der Schönheit des Herbstes
erinnern wir uns an sie

Zu Beginn des Jahres
und wenn es zu Ende geht
erinnern wir uns an sie

Wenn wir müde sind
und Kraft brauchen,
erinnern wir uns an sie

Wenn wir verloren sind
und krank in unserem Herzen,
erinnern wir uns an sie

Wenn wir Freuden erleben,
die wir so gern teilen würden,
erinnern wir uns an sie

Solange wir leben –
werden sie auch leben,
denn sie sind nun ein Teil von uns,
wenn wir uns an sie erinnern.

Tore des Gebets, Reformiertes jüdisches Gebetbuch

HOCHWÜRDEN SPRINGEN

Es gibt tausend Dinge, die Pfarrer tun, damit sie nicht ins Grab fallen. Wer auch nur halbwegs erfahren ist, trägt keine Schuhe mit glatter Sohle. Manche schwören auf das grobe Profil von Wanderschuhen. Es gibt sogar welche, die schaffen sich extra Golfschuhe an; die haben Spikes druntergeschraubt. Kleine Nägel, die sich in den Boden spießen. Und auf jeden Fall sollte man den Talar etwas hochgerafft tragen – oder sich gleich einen etwas kürzer geschnittenen zulegen.

Denn andernfalls kann passieren, was auf gar keinen Fall geschehen darf: Der Pfarrer – oder die Pfarrerin – kommt bei der Beerdigungsansprache ins Rutschen. Frisch ausgehobene Erde ist feucht. Zumal Friedhöfe oft auf lehmigem Boden errichtet werden. Der ist besonders glitschig. Wenn es dann noch geregnet hat … die Horrorvorstellung wohl jedes Geistlichen: Er fällt bei der Traueransprache selbst ins Grab.

Pfarrer H. weiß das. Er ist kein Neuling mehr. Und er hat auch noch im Kopf, was sich vor ein paar Jahren in der Oberpfalz zugetragen hat; der Fall hatte damals für bundesweites Aufsehen gesorgt. Da war zwar nicht der Pfarrer ausgerutscht, aber einer der Sargträger. Unglücklicherweise schlug der mit dem Kopf auf dem Boden auf und musste sofort ins Krankenhaus. Der Pfarrer anschließend auch: Vor lauter Aufregung bekam er einen Herzinfarkt. Die Beerdigung konnte erst nach zwei Stunden fortgesetzt werden. So lange dauerte es, bis ein Ersatz-Pastor gefunden war.

Also: Gaaanz vorsichtig bewegen am offenen Grab.

Jahrelang hat Pfarrer H. das auch gut hinbekommen. Und dann, eines trüben Tages, ist es ihm doch passiert. Die ganze Nacht über und auch den Morgen durch hatte es geregnet. Trotz der kräftigen Profilsohle seiner Schuhe spürte Pfarrer H. sofort, dass es diesmal ein Eiertanz am Grab werden würde.

Und tatsächlich: So umsichtig er sich auch bewegte, so geschickt er auch den Standort für die Traueransprache gewählt hatte – er kam ins Rutschen. Erst nur ein bisschen, ein ganz klein wenig. Pfarrer H. versuchte noch, mit einem schnellen Schritt zur Seite die Sache zu retten; ein Sidestep, wie er ihn einst im Tanzkurs gelernt hatte.

Doch, o je! Das alles nutzte nichts. Die Kante zum Grab war abschüssig. Gut, damit das Regenwasser ins Grab abfließen konnte, statt am Rand Pfützen zu bilden. Schlecht für Pfarrer H., dessen Schicksal damit besiegelt war. Ein Zurück gab es jetzt nicht mehr. Die Schwerkraft zog ihn nach vorn und nach unten.

Als die Katastrophe unmittelbar bevorstand, nahm H. alle Courage zusammen: Mit dem Mut der Verzweiflung wandte er sich dem Abgrund zu. Ein kurzer, schneller Schritt – um sich dann mit aller Kraft vom Rand abzustoßen und auf die andere Seite des Grabes zu springen.

Donnerwetter! Da staunte die Gemeinde, das Manöver gelang. Beflügelt vom Erfolg und getrieben vom Adrenalin in seinen Adern, flocht der Pfarrer das Ereignis nun auch gleich geistesgegenwärtig in die Ansprache ein: „Seht Ihr, liebe Schwestern und Brüder, so ist das: Jesus Christus ist nicht im Tod geblieben! Mit ihm können wir über Gräber springen."

Die spektakuläre Aktion machte schnell die Runde durch Stadt, Land und Umgebung. Was dazu führte, dass von da an Pfarrer H. bei Trauergesprächen immer wieder mit der Bitte konfrontiert wurde, ob er diese sehr anschauliche Art von Verkündigung nicht auf der nächsten anstehenden Beerdigung wieder vorführen könnte.

WAS WEG IST, IST WEG

Sie hatten eine anständige Ehe geführt. Ja, anständig. So würde sie das nennen. Das Wort „Liebe“ käme ihr nicht in den Sinn. Damals, kurz nach dem Krieg, war für so etwas kein Platz. Liebe, Romantik. Das große Gefühl. Das schaute man sich im Kino an. Und verdrückte dabei ein paar stille Tränen. Aber im wahren Leben? Da brauchte man jemanden, der zu einem hielt und anpacken konnte. So wie ihr Rudolf. Das war schon viel. Und nicht so … kompliziert und lebensfremd wie dieser junge Lehramtsstudent.

Eine Zeitlang hatten sie den zur Untermiete gehabt. Er hatte ihr Zettel hingelegt. Mit Gedichten. Richtig gereimt und in Versen. Irgendwie hatte das damals auch seinen Reiz gehabt. Trotzdem hatte sie darauf bestanden, dass der junge Schöngeist wieder ausziehen musste. Sicher, manchmal, wenn sie nachts im Bett lag, neben sich ihren selig schnarchenden Rudi, da hatte sie an den Studenten denken müssen. Was wohl aus ihm geworden war? Und was wohl aus ihr geworden wäre? An der Seite eines Lehrers? Und nicht eines Bergmannes in einer Zechensiedlung im Ruhrgebiet. Aber nie, wirklich nie hatte sie sich erlaubt, diesen Gedanken zu Ende zu denken. Und im Laufe der Jahre war diese Idee ganz aus ihrem Kopf verschwunden.

Komisch, dass sie ausgerechnet jetzt wieder daran denken muss. Sie blickt an sich hinab. Schwarzer Blazer. Schwarzer Rock. Schwarze Strümpfe. Schwarze Schuhe. Letztlich war das Leben dann doch ganz schnell an einem vorbeigelaufen. All die vielen Jahre. Harte Arbeit. Einschränkungen. Sparen. Nein, sie wollte nicht ungerecht sein. Es hatte auch schöne Momente gegeben, kleine Freuden und Erfolge. Das Eckhäuschen, das sie kaufen konnten. Das erste Auto. Die Kinder. Ach ja, die Kinder …

Nein, sie will nicht an den jungen Lehramtsstudenten denken. Nicht jetzt. Sie will Rudi ehren. Ihren Rudi. Der immer stark wie ein Baum war. Und still wie ein Grab. Und jetzt liegt er da, im Grab. Danke, Rudolf, schickt sie ein Stoßgebet in den Himmel; dahin, wo er jetzt hoffentlich war. Danke für alles, was du still und zuverlässig für mich und unsere Kinder getan hast. Ob du jemals etwas von den Zetteln des jungen Lehramtsstudenten geahnt hast?

Sie schaut auf. Zu den Bekannten und Nachbarn, die sich ums Grab versammelt haben. Ein jüngerer Bruder von Rudolf ist da. Der Pfarrer. Er hatte Rudi offenbar gut gekannt, denn was er jetzt über ihn und sein Leben erzählt, ist beinahe mehr, als sie selbst von ihrem Rudi gekannt oder geahnt hat. Woher weiß der Pfarrer das alles? Aus dem Männerkreis, in dem sich die beiden alle 14 Tage getroffen haben?

Seltsam. Nie hat sie daran gedacht, dass auch ihr Rudi seine kleinen Geheimnisse gehabt haben könnte. Ob es bei ihm auch eine „andere" Frau gegeben hatte? Woran mochte er gedacht haben, all die Jahre, die er neben ihr im Ehebett gelegen hatte?

Nein. Nicht jetzt. Sie will nicht darüber nachdenken. Sie waren einander treu gewesen. Viele Jahre. Füreinander da, wenn es darauf ankam. Nur das zählt. Sie hatten gemeinsam Stürme überstanden. Sie würde sich jetzt nicht von so einem Hauch Gefühligkeit umwerfen lassen.

Sie zieht ihren Blazer fester um die Schultern. Wind ist aufgekommen. Der Trauerflor an ihrem Hut weht ihr ums Gesicht. Hoffentlich hält das alles, denkt sie. Der kleine grüne Zweig vom Lebensbaum, festgesteckt im Hutband. Die Spange. Hat ein kleines Vermögen gekostet. Gerade will sie den Hut fester auf den Kopf drücken, da ist es auch schon passiert: Eine Böe reißt ihr den Hut herab. Sie greift noch danach, will ihn festhalten. Aber schwupp! Ist er fort. Und fällt nach einem wilden Tanz in der Luft – ins Grab.

Schweigen. Der Pfarrer, sonst souverän wie ein Kapitän im Sturm, starrt mit offenem Mund. Die Sargträger blicken verwirrt. Müssen sie da jetzt runterklettern und den Hut wiederholen? Ein Augenblick. Wie eine Ewigkeit.

Sie weiß, sie muss jetzt etwas tun. Sie blickt auf den Sarg. Darauf der Hut. Darunter ihr Rudi. Irgendwo das Gesicht des Lehramtsstudenten. Ja, denkt sie. Ihr Rudi hätte daraus auch keine große Geschichte gemacht.
Sie hebt die Stimme. Und die Worte kommen wie von ganz allein: „Was weg ist, ist weg.“ Und tatsächlich, der Bann ist gebrochen. Ein kurzes Zögern noch. Lächeln. Schmunzeln. Erleichterung. Der Pfarrer fährt fort. Ja, denkt sie. Das Leben muss weitergehen.

Er weint in uns

Der Tod ist groß.
Wir sind die Seinen
lachenden Munds.
Wenn wir uns mitten im Leben meinen,
wagt er zu weinen
mitten in uns.

Rainer Maria Rilke

NÄRRISCHE ZUNFT

Der Verstorbene war Mitglied im örtlichen Karnevalsverein gewesen. Das heißt, er war ganz sicher kein Freund von Traurigkeit in seinem irdischen Leben. Und auch ein Großteil seiner Bekannten waren dem Jeckentum und närrischen Treiben zugetan. Das wusste die Pfarrerin. Also wappnete sie sich schon einmal innerlich auf eine Trauerfeier unter besonderen Umständen.

Was konnte man in solch einem Fall der Trauergemeinde erzählen? Was war die „frohe Botschaft" für Menschen, die die Fröhlichkeit zu ihrem Lebensmotto gemacht hatten? Und: Trug sie diese Fröhlichkeit auch angesichts von Verlust und Trauer? Das sonst übliche Gespräch mit den Angehörigen hatte auch keine verwertbaren Erkenntnisse gebracht. Der Verstorbene war Witwer und hatte schon seit langer Zeit alleine gelebt. Die nächste Angehörige, eine Nichte, konnte keine tieferen Erkenntnisse über Wesen und Charakter ihres Onkels beisteuern. Also war die Pfarrerin auf das angewiesen, was man so allgemein über den Verstorbenen erzählte.

Die Pfarrerin überlegte. Gott ist ein Freund des Lebens? Vielleicht ein bisschen zu banal. Die Geschichte vom Weinwunder? Nein, das könnte in die falsche Richtung führen. Im Himmel wird mehr Freude sein über ein verlorenes Schaf, das zurückkehrt, als über 99, die schon da sind? Hmm, etwas gewagt. Aber der Aufmerksamkeitswert wäre natürlich unschätzbar hoch. Ja, in diese Richtung würde sie erst einmal weiterdenken.

Auch die Organisation der Trauerfeier war nicht ohne. Selbstverständlich wollte der Karnevalsverein mit einer respektablen Abordnung aufwarten. Das sei man schließlich dem Verstorbenen bei all seinen Verdiensten um den Verein schuldig.

Der Pfarrerin graute davor. Sie hatte einmal einen Gedenkgottesdienst mit dem Schützenverein kräftig in den Sand gesetzt. Damals war ihr nicht klar gewesen, dass solch ein Gottesdienst eine ganz eigene Atmosphäre entwickeln konnte. Flaggen, Fahnen, Uniformen. Die Mischung aus zackigem Auftreten und der speziellen Gelöstheit, die wohl bei dem ein oder anderen auf den Konsum von zu viel „Zielwasser" zurückzuführen war.

Mit der üblichen Liturgie, den üblichen Liedern – die ohnehin kaum einer hatte mitsingen können –, den üblichen Gebeten und ihrer üblichen Predigt hatte sie schlicht Schiffbruch erlitten. Daran hatte es nichts zu deuteln gegeben. Auch wenn das schon viele Jahre vorbei war, das ging ihr immer noch nach.

Aber diesmal, da würde sie es besser machen. Der besonderen Situation entsprechend predigen. Die zu erwartenden Menschen ganz genau in den Blick nehmen.
Also legte die Pfarrerin los. Sie sprach mit dem Bekannten einer Bekannten, der Mitglied im Karnevalsverein war. Sie machte sich im Internet schlau. Und am Ende, da war sie sicher, hatte sie eine Trauerandacht auf die Beine gestellt, die bunt und humorvoll, aber auch würdig und gehaltvoll genug war, um selbst kritischsten Geistern standzuhalten.

Das hoffte die Pfarrerin jedenfalls.

Dann war es soweit. An einem strahlend schönen Vormittag geleiteten sie den Verstorbenen zur letzten Ruhe. Die Nichte und weitere Verwandte. Nachbarn und ehemalige Arbeitskollegen. Einige Neugierige. Und eine wirklich respektable Gesandtschaft des Karnevalsvereins, da hatten die nicht zu viel versprochen. Vorneweg die Pfarrerin, die Sargträger – und natürlich die Fahnenträger des Vereins.

Alles lief gut und reibungslos. Wenn man mal von gelegentlichem Gegröhle aus den hinteren Reihen, lautem Naseputzen und dem ständigen Fahneschwenken absah.

Aber solange nichts Schwerwiegenderes passierte, wollte die Pfarrerin damit sehr zufrieden sein.

Aber wie heißt es so schön im Volksmund: Du sollst den Tag nicht vor dem Abend loben. In diesem Fall war „der Abend“ die Schlussminute am offenen Grab. Vielleicht waren nicht mehr alle mit den Gedanken richtig bei der Sache. Schließlich wartete noch eine Abschiedsfeier im Vereinsheim auf die Anwesenden. Auch die Pfarrerin war dazu eingeladen (wollte sich jedoch nach ein paar Minuten der pflichtschuldigen Anwesenheit möglichst unbemerkt verdrücken).

Vielleicht war es auch einfach nur Glück gewesen, dass bis zu diesem Zeitpunkt alles reibungslos abgelaufen war.

Jedenfalls, kaum hatte die Pfarrerin die letzten Segensworte gesprochen, da fühlte sich einer der Fahnenträger dazu bemüßigt, eine Erkundigung einzuholen. Und zwar mit so lauter Stimme, dass alle mitbekamen, was er einem der anderen Fahnenträger zurief, der auf der gegenüberliegenden Seite des Grabes stand:

„Sach ma, kommse am Samstag auch zur Feier?“ Der Angesprochene in der gleichen Lautstärke zurück: „Wer feiert denn?“ „Na ich!“ „Watt denn – Geburtstag?“ „Nee“, gluckste der Feierwillige, „meine Scheidung“.

Und als ob das noch nicht genug der Peinlichkeit gewesen wäre, blickte er sich dann um und rief mit noch lauterer Stimme: „Ihr seid alle eingeladen!“

Man muss sich hüten,
in den Erinnerungen zu wühlen,
sich ihnen auszuliefern,
wie man auch ein kostbares Geschenk
nicht immerfort betrachtet,
sondern nur zu besonderen Stunden
und es sonst nur wie einen verborgenen Schatz,
dessen man sich gewiss ist, besitzt;
dann geht eine dauernde Freude und Kraft
von dem Vergangenen aus.

Dietrich Bonhoeffer

HIER PIEPT'S

Es ist dieses Piepen, was nach und nach alle irritiert. Sie stehen am Grab. Es ist keine große Gesellschaft. Karl hatte allein gelebt, und er ist allein gestorben. Aber er hatte ein gutes und ruhiges Leben, das ihm wohl gefiel. So berichteten die Nachbarn der jungen Pfarrerin. Und so stehen sie beieinander: die Geistliche, eine Handvoll Nachbarn und eine Cousine aus München. Dazu drei ehemalige Kollegen aus der Papierfabrik, in der Karl sein gesamtes Arbeitsleben verbracht hat. Alle tragen schwarz und auch der Himmel zeigt seine düstere Seite. Die Trauerfeier in der Kapelle war würdig und passend. Zum Schluss spielte der Bestatter das Lieblingslied von Karl per CD über die Lautsprecher ab: Biscaya vom James Last.

Jetzt hier am Grab, in der Stille, treffen sich die Blicke der Anwesenden. Denn es ist nicht mehr zu überhören. Es piept. Und zwar aus dem Grab, in das gerade der Sarg abgesenkt wurde. Die Trauergäste denken zunächst, sie täuschen sich. Auch die Pfarrerin lässt sich nichts anmerken. Aber sie hört ihn, den wiederkehrenden Ton.

Das kann kein Vogel sein. Nur, was dann? Eigentlich müssten nun noch das Vater Unser und der Segen folgen. Aber alle halten inne. Einige beginnen zu tuscheln. Nicht, dass da ein Handy mit im Sarg ist? Man hört ja die tollsten Geschichten. Manche haben Angst, lebendig begraben zu werden und lassen sich ein Telefon mit ins Grab geben. Aber Karl? Der hatte nicht einmal zu Lebzeiten ein Mobiltelefon und in der Wohnung bloß einen fest installierten Fernsprecher, den er kaum benutzte.

Doch die Trauergemeinde täuscht sich nicht. Der Ton ist da. Immer wieder. Regelmäßig, zirka alle zwanzig Sekunden. Die Pfarrerin nimmt sich ein Herz und spricht den Bestatter an: „Hören Sie das? Was ist das?“, flüstert sie ihm ins Ohr. Der sieht sie nur ratlos an. Trotz der Kühle bilden sich erste Schweißtropfen auf seiner Stirn. Auch er hört den schrillen Ton aus dem Grab, aber er hat keinen Schimmer, wo der herkommen könnte.

Die Pastorin wendet sich schließlich an die Trauernden: „Liebe Gemeinde! Wir sind alle gerade etwas irritiert. Aber lassen Sie uns nun Karl zuliebe mit Gebet und Segen schließen. Danach versuchen wir herauszufinden, was das Geräusch verursacht.“

Alle nicken andächtig, und so findet die Feierstunde ihren würdigen Abschluss.

Aber danach geht niemand weg. In die Trauer mischt sich doch eine gewisse Neugier, was denn hier vor sich geht.

„Können Sie etwas herausfinden?“, fragt die Pfarrerin den Bestatter, während sie den Kragen ihres Talars ein wenig lockert. Vor allem möchte er den Sarg nicht noch einmal öffnen müssen – so viel steht fest. Also beugt er sich über das offene Grab und versucht, die Quelle des störenden Geräusches zu entdecken. Und er wird fündig.

Zumindest entdeckt er etwas, das seiner Meinung nach nicht ins Grab gehört. Es sieht aus wie ein Pilz mit einer Solarzelle oben drauf und steckt direkt neben dem Sarg. Ohne sich um seine Kleidung zu sorgen, legt sich der Bestatter an den Rand des Erdlochs und buddelt ein wenig mit den Händen, um dem Übeltäter auf die Spur zu kommen. Schließlich gelingt es ihm, das etwa 30 cm lange Gerät aus dem Lehm zu ziehen. Er steht wieder auf, befreit den Stab von Erde und weiß nicht, ob er lachen oder weinen soll.

„Es ist ein Maulwurfschreck“, sagt er etwas zu laut für den traurigen Anlass. Aber er ist erleichtert, den Stein des Anstoßes ausfindig gemacht zu haben. Alle Trauergäste samt Pfarrerin sind noch da und müssen schmunzeln. „Vermutlich steckte der im Nachbargrab und ist dann mit dem Sarg nach unten gerutscht“, erklärt der Bestatter: „Sowas habe ich noch nie erlebt.“

Und allen Anwesenden ist klar, dass das Holz die Töne wohl noch verstärkt hat.

„Dabei mochte Karl es so gern ruhig“, sagt eine Nachbarin lachend. Und alle lachen mit. Sie schlendern gemeinsam zum Gasthof gegenüber, wo es jetzt Suppe und belegte Brötchen geben soll. Und sie erzählen sich noch einmal kopfschüttelnd diese Geschichte und manch andere Geschichte aus Karls Leben.

Der Bestatter aber nimmt sich vor, noch heute ein Gespräch mit dem Friedhofsgärtner zu führen. Und die Rechnung für seinen verdreckten Anzug würde er ihm auch gleich überreichen.

SCHRÄGE SACHE

Es war an einem Nachmittag im April. Windböen pusteten die Wolken durcheinander. Immer wieder wechselten sich Regentropfen und Sonnenstrahlen ab, die auf die Menschen fielen, die sich um ein frisch ausgehobenes Erdloch versammelt hatten. Die hellen und fröhlichen Farben der Blumengestecke und Kränze standen im krassen Gegensatz zur dunklen Kleidung und der ernsten Stimmung, in der sich die Trauergemeinde am Grab eingefunden hatte.

Unter den Regenschirmen wurden Nasen geschnäuzt, Augen betupft. Manchmal auch verstohlen auf Uhren geblickt: Wie lange würde das hier noch dauern? Wegen des Regens war der Karren mit dem Sarg nur langsam über den matschigen Boden vorangekommen. Wenn man sich zum Trauerschmaus in der Gaststätte noch rechtzeitig einfinden wollte, war die Zeit schon arg knapp geworden.

Jetzt setzte der Pfarrer zu trostvollen Worten an. Die Sargträger stemmten den Sarg vom Karren und begannen, den schweren Holzkasten an Seilen ins Grab hinabzulassen. In ihren schwarzen Anzügen und Herrenschuhen, die vom Regen durchnässt und vom Lehm bespritzt waren, schienen sie ihre liebe Mühe zu haben, auf dem feuchten Boden das Gleichgewicht zu halten.

Ein Stutzen. Innehalten. Angestrengt und mit hochrotem Kopf zerrten die Männer an den Seilen. Irgendetwas stimmte da ganz und gar nicht.

Der Regen hatte nicht nur die Kleidung der Menschen durchweicht, sondern auch den ausgeworfenen Lehmhügel neben dem Grab. Mehr und mehr vom feuchten Erdreich war zurück in Richtung Loch geflossen und hatte die Graböffnung verengt. Nicht viel. Aber gerade genug, damit die wegen des schlechten Wetters ohnehin schon ungeduldigen und hastigen Bemühungen der Sargträger erst einmal zum Scheitern verurteilt waren. Nach einigem Hin und Her, Zerren und Schieben, Drücken und Rücken war klar: Nichts zu machen. Der Sarg steckte fest. Leicht schräg. Halb drinnen. Halb draußen.

In einer solchen Situation kann man verzweifeln. Oder über sich hinauswachsen. Der Pfarrer jedenfalls ging mutig in die Offensive. „Seht ihr“, sprach er zu der verdutzten Gemeinde, „das ist wie ein Sinnbild für unser Leben. Noch ist alles schräg. Unvollkommen. Wir haben es nicht in der Hand, ob es gelingt.“ Die Gemeinde war ganz Ohr. Und der Pfarrer fuhr fort: „Wir werden den Sarg später würdig und in allen Ehren ins Grab bringen." So sei es auch bei Gott, sagte der geistesgegenwärtige Pfarrer. Am Ende werde alles seine Ordnung haben.

Der Anfang – das Ende,
o Herr, sie sind dein.
Die Spanne dazwischen,
das Leben war mein.
Und irrt' ich im Dunkeln
und fand mich nicht aus:
Bei dir, Herr, ist Klarheit
und Licht ist dein Haus.

Inschrift am Grab von Fritz Reuter

WER HÄTTE DENN GEDACHT

Polierte Eiche. Der Mann nickt. So ist es richtig. Er ist ein Profi, was den Umgang mit den Toten angeht. Sein Anzug sitzt perfekt. Kein Fleck, keine Fluse stört das tiefe Schwarz des Stoffes. Die Schuhe sind tadellos geputzt. Die Handschuhe blütenweiß. Als ob ihnen der Lehmboden, über den er fast täglich gehen muss, nichts ausmachen könnte.

In drei Jahrzehnten hat er so ziemlich alles gesehen, was Menschen ihren Verstorbenen antun können, um sie zur ewigen Ruhe zu betten. Kiefern- oder Fichtenholz, wenn es preisgünstig sein soll. Designermodelle in Phantasiefarben für die Extravaganten. Seit einiger Zeit auch Kunstharz oder sogar Pappe, biologisch leicht abbaubar.

Nein, dieser Sarg ist etwas Anständiges. Schwere Eiche, grundsolide. Auf Hochglanz poliert. Da lässt sich jemand die Bestattung etwas kosten. Das sieht ein geschultes Auge auf den ersten Blick.

Diskret schaut sich der Bestatter um. Der Pfarrer ist fertig mit der Ansprache. Der Sarg im Grab.

Eigentlich könnte die Trauergemeinde jetzt den Rückzug antreten. Gegen einen frühen Feierabend hätte der Mann im schwarzen Anzug nichts einzuwenden.
Aber das lässt er sich natürlich nicht anmerken.
Die würdevolle Ausstrahlung ist Teil seines Berufes, längst in Fleisch und Blut übergegangen. Manchmal denkt der Mann in Schwarz: Wenn ich einst da unten liegen werde – wird dann auch ein Vollprofi hier oben stehen, um still und stilvoll das Unvermeidliche zu organisieren?

Der Bestatter schaut auf. Irgendwo ist leichte Unruhe entstanden. Da. Eine Frau schiebt einen halbwüchsigen Teenager vor sich her, auf den Pastor zu. Schwester oder Schwägerin, schätzt der Mann mit routiniertem Blick. Der Junge ist dann also ein Neffe des Verstorbenen.
„Darf der Junge …“, fragt die Frau hastig, „ich meine, dürfen wir schnell noch ein paar Fotos mit ins Grab werfen? Der Junge hat sich so eine Mühe gegeben, aus den Fotoalben das Schönste auszusuchen.“

Der Pfarrer lächelt unsicher, er ist noch jung und unerfahren. Er blickt zum Bestatter hinüber. Sicher, denkt der Mann in Schwarz, schließt die Augen und nickt betont langsam und würdevoll in Richtung Pfarrer und

Fragestellerin. Die gesamte Trauergemeinde blickt jetzt auf ihn, das ist ihm bewusst. Also souverän und stilvoll nicken. Ganz die alte Schule.

Der Pfarrer gibt das Nicken an die Frau weiter. Nicht ganz so würdevoll wie ich, denkt der Bestatter.
Der Junge steckt die Hand in die Tasche seiner Jacke.
Er holt aus. Wirft.

Ein dumpfer Schlag. Ein Scheppern und Splittern.
O nein, denkt der Mann in Schwarz. Doch nicht so!
Er blickt in das Grab. Dort unten, auf dem Spiegelglanz des polierten Eichenholzsarges, breiten sich Splitter, Kanten und Ecken aus Plastik aus. Darf der Junge Fotos ins Grab werfen – wer hätte denn ahnen können, dass er die schönsten Aufnahmen aus den Fotoalben auf CDs kopiert hat. Die liegen jetzt da unten. Mitsamt der zerbrochenen Schutzhüllen.

Und ich, denkt der Bestatter, ich dachte, ich hätte in 30 Jahren schon alles gesehen, was eine Beerdigung bieten kann.

An M.

Der du meine Wege mit mir gehst,
Jede Laune meiner Wimper spürst,
Meine Schlechtigkeiten duldest und verstehst –
Weißt du wohl, wie heiß du oft mich rührst?

Wenn ich tot bin,
Darfst du gar nicht trauern.
Meine Liebe wird mich überdauern
Und in fremden Kleidern dir begegnen
Und dich segnen.

Lebe, lache gut!
Mache deine Sache gut!

Joachim Ringelnatz

UND DIE MUSIK SPIELT DAZU

Jürgen ist Kirchenmusikdirektor. Ein Profi für jede Art von klassischer Musik. Anerkannt als Fachmann an der Orgel und hoch geschätzt für seine Arbeit mit Kirchenchören. Musik – das ist für ihn das Ein und Alles. Eine Gottesgabe, eine Macht, die den Menschen tiefes und großes Gefühl nahe bringt: Ehrfurcht, Freude, Andacht. All das steckt in der Musik.

Jürgens Liebe zur Musik fing schon früh an. Bereits im Kindergartenalter bekam der Knirps den ersten Unterricht. In der Schule war er dann bereits ein kleiner Star am Klavier. Dass er irgendwann Musik studieren würde, das war für Jürgen die natürlichste Entscheidung der Welt.

Noch heute denkt Jürgen gerne an die Zeit am Konservatorium zurück. Sicher, er musste hart arbeiten. Trotz seines Talentes und der Fähigkeiten, die er schon mitbrachte. Aber all die harte Arbeit war für ihn kein Ackern und Rackern. Sondern die Erfüllung einer großen Leidenschaft. Nie im Leben, weder zuvor noch später im Beruf, hatte Jürgen diese Freiheit, sich der Muse derart uneingeschränkt und vollständig in die Arme zu werfen. Selbst die vielen Termine nebenbei – Auftragsarbeiten und Nebentätigkeiten, mit denen Jürgen das Geld verdiente, das ihm das Studium ermöglichte – waren für ihn kein lästiges Muss. Denn während etliche seiner Freunde ihren Unterhalt durch Kellnern verdienten, an der Supermarktkasse oder durch Zeitungaustragen am frühen Morgen, konnte Jürgen auch hier seine Leidenschaft ausleben: Zwei Kirchenchöre und regelmäßige Gottesdienstvertretungen an der Kirchenorgel reichten ihm fürs Auskommen.

Vor allem das Orgelspiel war für den jungen Studenten die große Erfüllung. Wenn er an der „Königin der Instrumente“ saß, hörte alles andere auf zu existieren. Zeit und Raum, die ganze Welt – das gab es dann einfach nicht mehr. Alles war nur noch: Musik.

Und so kam es, dass eines Tages Jürgen wieder einmal an der Orgel saß. Er sollte in einer Trauerandacht die gottesdienstliche Begleitung spielen. Jürgen kannte die Orgel. Sie war auf einer Empore über dem Innenschiff der Kirche gebaut. Der Organist spielte mit dem Rücken zu Altar und Gemeinde. Was erschwerend hinzukam: Die Empore war derart riesig, dass der Organist keinen

Sichtkontakt zum Pfarrer hatte. Irgendwann hatte man einen Spiegel oben an der Orgel angebracht, damit der Organist den Pfarrer über die Schulter sehen konnte – so, wie ein Autofahrer den Verkehr hinter sich im Rückspiegel beobachtet. Aber dieser Spiegel war schon lange abgebrochen und nie ersetzt worden.

Für Jürgen war das kein größeres Problem. Der Ablauf einer Trauerandacht war ihm vertraut. Zwischendurch stand er kurz von der Orgel auf und ging zum Rand der Empore, um dem Pfarrer zuzuhören und zuzusehen. Und wenn es dann wieder soweit war, dass er spielen musste, ging er zur Orgel zurück. Jürgen hatte alles im Griff.

Nur der Schluss war heikel. Wenn Jürgen das Musikstück zum Ausgang anstimmte, dann wusste er nie, wie lange er spielen musste. Manchmal ging die Trauergemeinde sehr schnell aus der Kirche heraus. Manchmal blieben die Menschen noch ein bisschen länger in den Bänken sitzen. Oder sie hielten sich am Ausgang auf, um schon dort den Angehörigen zu kondolieren. Jürgen spielte deshalb im Zweifelsfall lieber etwas länger. Sicher ist sicher.

Diesmal hatte er ein ganz besonderes Stück angestimmt. Sehr anspruchsvoll, selbst für einen Könner wie ihn. Erst seit einigen Tagen hatte er den Eindruck, es einigermaßen sicher zu beherrschen. Das Ende der Trauerandacht war die perfekte Gelegenheit, das Ganze mal nicht nur daheim am Klavier, sondern an der großen Kirchenorgel durchzuspielen.

Also legte Jürgen los. Und wie! Schon bald war er in seiner ganz eigenen Welt. Die Kirche, die Gemeinde, die Trauerandacht – vergessen, vorbei, es zählte nicht mehr. Da waren nur noch Töne. Rhythmus. Und ein berauschender Klang. Jürgen spielte. Und spielte. Und spielte. Und weil es so gut gelang, gleich noch einmal.

Dann war es vorbei. Zufrieden, nein: glücklich lehnte Jürgen sich zurück. Das war es, wofür er lebte. Pure Seligkeit.

Bis ein heftiges Trappeln auf der Treppe ihn aus seiner stillen Zufriedenheit riss. Jürgen öffnete die Augen und sah einen Pfarrer die Stufen emporhasten. Allerdings: ein ihm völlig unbekannter Pfarrer. Keineswegs der, der gerade noch die Trauerandacht gehalten hatte. Wer war das?

„Warum hören Sie denn auf?“, flüsterte der Pfarrer erregt. „Spielen Sie weiter! Die Leute sind schon da!“
Und langsam dämmerte Jürgen, was da passiert war. Während er sich in seiner Musik verloren hatte, waren

die Uhrzeiger wohl doch ein ganzes Stück weiter vorangeschritten, als ihm geschwant hatte. So lange, dass inzwischen bereits die nächste Trauergemeinde erschienen war und Platz genommen hatte. Und die freute sich jetzt über einen Organisten, den sie gar nicht bestellt hatte.

Bedenken, dass wir sterben müssen

Da der Tod der wahre Endzweck unseres Lebens ist,
so habe ich mich seit ein paar Jahren
mit diesem wahren, besten Freunde des Menschen
so bekannt gemacht,
dass sein Bild nicht allein nichts Schreckendes
mehr für mich hat,
sondern recht viel Beruhigendes und Tröstendes!
Ich lege mich nie zu Bette, ohne zu bedenken,
dass ich vielleicht, so jung ich bin, den anderen
Tag nicht mehr sein werde –
und es wird doch kein Mensch sagen können,
dass ich im Umgang mürrisch oder traurig wäre –
und für diese Glückseligkeit danke ich alle Tage
meinem Schöpfer und wünsche sie von Herzen
jedem meiner Mitmenschen.

W. A. Mozart: Brief an seinen Vater vom 4. April 1787.

UNTER DEN TALAREN

O nein, doch nicht jetzt! Irgendwo zwischen Silvias Busen und ihrem Hüftknochen kribbelt es plötzlich ganz stark. Sie kennt das. Das Handy, Vibrationsalarm. Das Telefon steckt in der Innentasche ihrer Weste.

Normalerweise kann Silvia dann gar nicht schnell genug das Handy in die Hand bekommen. Denn das muss Stefan sein. Andere Leute rufen sie kaum an. Jahrelang hat sie ihr Mobiltelefon in der Schublade liegen gehabt. Immer erreichbar sein – das gefiel ihr nun wirklich nicht.

Doch seit sie Stefan kennt, hat sich das geändert. Das kleine Gerät hat sie jetzt immer dabei. Es tut gut, ihn mal ganz schnell anzurufen. Oder eine kurze Nachricht von ihm zu bekommen: Denke an dich! Schön, dass es dich gibt! So etwas halt. Wenn man schon wenig Zeit hat, um sich zu sehen, dann können solche Worte helfen, die Zeit bis zum nächsten Treffen zu überbrücken. Selbst, wenn die Situation mal nicht hundertprozentig passt: Wenn das Handy sich meldet, wagt Silvia sonst immer einen schnellen, verstohlenen Blick auf die Anzeige. Aber jetzt? Jetzt geht das wirklich nicht.

Silvia ist Pastorin. Gerade hat sie in der Kirche die Traueransprache vor der Familie den Angehörigen und Freunden des Verstorbenen gehalten. Nun heißt es, zum Grab auf dem Friedhof zu marschieren.

Und da geht das Handy. Selbst wenn sie wollte – unter dem Talar kann sie das Ding kaum erreichen, ohne dass das ein riesen Aufsehen gibt. Und ausschalten kann sie es auch nicht. Also brummt und vibriert es erstmal weiter. Gott sei Dank hat das sonst keiner mitbekommen. Oder höchstens die, die ganz nah bei ihr stehen. Aber nervös macht sie das schon. Zumal die Trauergesellschaft ohnehin schon hinter dem Zeitplan zurück ist.

Endlich hört das Telefon auf. Silvia beruhigt sich. Also los, auf zum Friedhof. Doch was ist das? Keine zwei Minuten später fängt das Handy schon wieder an. Ob es irgendetwas Wichtiges ist?

Stefan lebt in Scheidung. Da gibt es manchmal unliebsame Überraschungen. Deswegen ist die ganze Sache mit ihnen beiden ja auch ein bisschen delikat. Gemeinde, Pastorin, Moral und so. Nicht, dass Silvia irgendetwas mit der Scheidung zu tun hätte. Als sie Stefan kennen lernte, lebten der und seine Frau bereits getrennt. Und auch Silvia ist schon lange geschieden. Auch unter Pastorinnen und Pastoren ist das keine Ausnahme mehr.

Aber nein. Diesmal vibriert es nur kurz. Also eine Textnachricht. Wäre es etwas wirklich Wichtiges, würde Stefan bestimmt noch einmal anrufen, nicht nur eine Nachricht senden. Also wieder entspannen, locker bleiben und weiter zum Grab schreiten. Und bitte, liebe Leute! Etwas Tempo! Der Bestatter wartet dort schon. Silvia weiß, wie knurrig der werden kann, wenn etwas nicht nach Plan läuft.

Da, schon wieder! Also sag mal … Die Trauergesellschaft ist kaum auf der anderen Straßenseite angekommen, da brummt und summt es erneut an Silvias Brust. Trotz der Anspannung und des Zeitdrucks muss sie jetzt wirklich lächeln. Da muss die Liebe aber heute groß sein, denkt sie. Und Silvia malt sich aus, wie es am Abend sein wird, wenn sie und Stefan sich zum gemeinsamen Abendessen treffen. Kerzenschein, ein guter Wein …

Nein, ermahnt sich Silvia. Daran darf sie im Moment nun wirklich nicht denken. Sie soll einen Menschen zur letzten Ruhe und in Gottes Arme geleiten.

Silvia drückt auf die Tube. Übertreiben darf sie es natürlich auch nicht, es sind etliche Ältere dabei; da würde ein forsches Tempo nicht lange gut gehen. Aber ein bisschen mehr Zug muss jetzt sein.

Als sich das Telefon zum vierten Mal meldet, ist es aus und vorbei mit Silvias Geduld. Stefan hin oder her: DIESES. BRUMMEN. NERVT. Sie bleibt stehen, rafft den Talar hoch und versucht, an die Westentasche zu gelangen. Bestimmt ein unmöglicher Anblick. Ist ihr aber im Moment egal. Sollen die Leute denken, was sie wollen; sie muss das Ding jetzt zum Schweigen bringen.

Dann hält sie das Handy in der Hand. Und mit einem Mal entspannt sie sich. Kein Stefan. Nein. Viel besser. Zumindest im Moment.

Es ist der Bestatter. Er ist es, der sie mehrfach zu erreichen versucht hat. Und was schreibt er Silvia? „Lassen Sie sich Zeit! Gehen Sie noch einen Umweg! Hänge hier noch in einer anderen Beerdigung fest. Der Neffe wollte dem Verstorbenen am Grab ein Ständchen singen und findet nun einfach kein Ende."

WINTER

Sie ist viel zu früh an der Trauerhalle. Es ist noch niemand da außer ihr, und so genießt die Pfarrerin noch ein wenig das sonnig-kalte Winterwetter und den klaren Blick hinab ins Dorf. Die Schneeschicht, die sich heute Nacht auf den frostigen Boden gelegt hat, glitzert im Licht des Vormittags.

Sonst ist sie meistens reichlich spät und parkt dann ihren kleinen Fiat unter den verwunderten Blicken der Trauergäste direkt neben der Kapelle.

Heute ist sie zu Fuß zum Friedhof gegangen. Zum ersten Mal, seit sie die Pfarrstelle hier am Niederrhein angetreten hat. Es sind die ersten Tage des neuen Jahres. Die Kinder haben noch Ferien, und auch in der Kirchengemeinde treffen sich die Gruppen und Kreise erst wieder in der kommenden Woche. Nachdem die Pfarrerin schnell ein Croissant samt Kaffee gefrühstückt hatte, entschied sie sich, den Talar und ihre Mappe in eine Tasche zu packen und durch den Schnee zu laufen. Der Fiat sollte heute in der Garage bleiben.

Auf dem Weg ging ihr die ganze Zeit ein Gedicht von Christian Morgenstern durch den Kopf, das sie in ihrer Schulzeit einmal auswendig gelernt hatte.

Aus silbergrauen Gründen tritt
ein schlankes Reh
im winterlichen Wald
und prüft vorsichtig, Schritt für Schritt,
den reinen, kühlen, frischgefallnen Schnee.
Und deiner denk ich, zierlichste Gestalt.

Sie mochte das romantische Bild vom Reh im winterlichen Wald, und sie kam sich heute Morgen fast genauso vor, wie sie da so vorsichtig durch den Schnee stapfte.

Nun steht sie im Talar in der Trauerhalle, die sich langsam füllt. Schwarz bekleidete Verwandte und Freunde von Tante Ilse, wie sie im Dorf alle nannten. Ilse wäre nächstes Jahr Hundert geworden, und so blickten sie in der Trauerfeier alle gemeinsam auf ein langes und erfülltes Leben zurück.

Es folgt der Weg zum Grab. Ilses letzte Ruhestätte liegt ganz oben, am Rande des Friedhofs. Das ist schon an schneelosen Tagen eine ordentliche Kraftanstrengung, den Hang hinaufzusteigen. Heute, im Schnee und auf frostigem Boden, müssen alle besonders aufpassen, wohin sie ihre Schritte setzen.

Plötzlich, auf halbem Wege, sieht die Pfarrerin das Unheil kommen: Der Bestatter, der das Gefährt mit dem Sarg steuert, rutscht aus und lässt dabei den Griff los, mit dem er den Katafalkwagen elektrisch bewegen und bremsen kann. Wie in Zeitlupe sieht die Seelsorgerin, dass der Bestatter im Schnee landet und der Wagen sich langsam in Bewegung setzt – und zwar rückwärts. Niemand ist im Stande, den rollenden Sarg aufzuhalten. Auch die Pfarrerin bleibt wie gelähmt stehen. Einige der Trauergäste kümmern sich um den gestürzten Bestatter, die anderen stieben auseinander wie das Rote Meer vor den Israeliten. Und so rollt der Wagen samt Ilse unter den entsetzten Blicken der Gemeinde den Hügel hinunter, gewinnt immer mehr an Fahrt und wird schließlich, kurz vor der Kapelle, von einem Schneehaufen gestoppt.

Totenstille auf dem Friedhof. Der Bestatter klopft sich notdürftig den Schnee von seinem Anzug und schaut verlegen in die Runde. Die Pfarrerin fängt sich langsam. Sie ist unendlich beruhigt, dass nichts Ernsthafteres passiert ist. Der Bestatter ist unverletzt geblieben, der Sarg steht noch auf dem Wagen, und es ist auch niemand überfahren worden.

„Liebe Gemeinde“, sagt sie schließlich mit fester Stimme: „Das kann an solch einem Tag passieren. Es ist nichts Schlimmes geschehen. Lasst uns Ilse nun erneut auf ihrem letzten Weg begleiten.“

Alle nicken und steigen den Hügel wieder hinab und begleiten Ilse dann noch einmal hinauf. Noch ein wenig vorsichtiger, aber ohne weitere Pannen erreichen sie schließlich das Grab, an dem die Pfarrerin die Bestattung zu Ende bringt. Als sie sich nachher in der Kapelle wieder umzieht und für einen Moment alleine ist, kommt ihr der Morgenstern wieder in den Sinn:

Aus silbergrauen Gründen tritt
ein schlankes Reh
im winterlichen Wald
und prüft vorsichtig, Schritt für Schritt,
den reinen, kühlen, frischgefallnen Schnee.

Der Bestatter ist nun wirklich kein schlankes Reh, denkt sie schmunzelnd. Umso mehr hätte er wohl vorsichtig seine Schritte im frisch gefallenen Schnee prüfen sollen. Aber immerhin hat Ilse dadurch noch einmal eine gehörige Portion Aufmerksamkeit erhalten. Irgendwie auch angemessen für ein fast 100-jähriges Leben.

DIE AUTOREN

BERND BECKER

1968 in Siegen geboren, ist evangelischer Theologe und Journalist. Seit 2013 ist er Direktor des Ev. Presseverbandes für Westfalen und Lippe, Geschäftsführer des Luther-Verlages und des Ev. Pressedienstes, Landesdienst West. Zuvor war er Pfarrer in Haltern am See und Wetter (Ruhr) sowie Superintendent des Kirchenkreises Hagen. Journalistisch hat er unter anderem bei der Reformierten Kirchenzeitung und bei der Westdeutschen Allgemeinen Zeitung gearbeitet. Zudem ist er Autor bei „Kirche im WDR".

GERD-MATTHIAS HOEFFCHEN

Diplom-Theologe und Journalist, ist Chefredakteur der in Bielefeld erscheinenden evangelischen Zeitung „UK – Unsere Kirche". Er stammt aus Castrop-Rauxel und fühlt sich noch immer der Art des Ruhrgebiets zugetan: offen, direkt, zuweilen etwas rau. Immer aber herzlich. Wahlspruch: Das Evangelium kann nicht ohne Humor gepredigt werden (Martin Luther).

Holger Pyka

Schwarz macht schlank

Kirchen-Cartoons

96 Seiten, gebunden
Format 22,0 x 15,0 cm
€ 14,95
ISBN 978-3-7858-0675-3

Holger Pyka nimmt mit seinen beliebten Cartoons das kirchliche Innenleben treffsicher aufs Korn. Da bleibt kein Auge trocken, wenn die Gottesdienstbesucherin beim Klingelbeutel Sanifair-Gutscheine einwirft, greise Damen beim Jugendausschuss begrüßt werden und bei der Taufe gefragt wird, ob das Wasser auch hautverträglich und natriumarm ist.

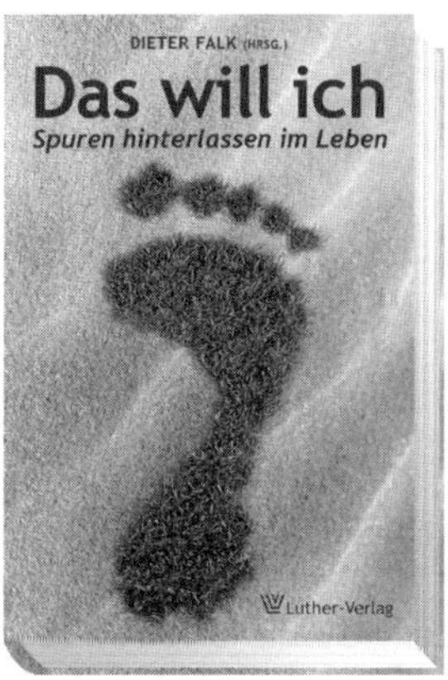

Dieter Falk (Hg.)

Das will ich

Spuren hinterlassen im Leben

Mit Beiträgen von **Hannelore Kraft, Ruth Pfau, Gregor Gysi, Dieter Falk, Dietrich Grönemeyer, Alois Glück, Fabian Vogt, Rainer Schmidt, Christian Rach, Christian Führer uvm.**

240 Seiten, Paperback
Format 13,5 x 20,5 cm
€ 14,95
ISBN 978-3-7858-0629 6

»Von welcher Idee sind Sie so begeistert, dass Sie sich stark damit identifizieren?« – »Was gab den Anstoß dazu, was gibt Ihnen Kraft und Durchhaltevermögen, Ihr Ziel zu verfolgen?« – »Spielt der Glaube eine Rolle dabei?« Diese und ähnliche Fragen wurden prominenten Mitmenschen gestellt – und die Antworten sind so spannend und könnten nicht unterschiedlicher als Gefragten selbst sein:

LUTHER-VERLAG
Cansteinstr. 1
33647 Bielefeld
www.luther-verlag.de
Mail: vertrieb@luther-verlag.de
Fon: (05 21) 94 40 1 37
Fax: (05 21) 94 40 1 36

UK ALS APP
... immer mit dabei!
UK
digital
Nur 0,80 Euro pro Monat für Leserinnen und Leser der gedruckten Ausgabe
Sonst 4,99 Euro pro Monat im App Store und Google Play Store
Verfügbar donnerstags ab 18 Uhr
Der Grund der Gewalt
Vorhöfe des Allerheiligsten
Ein Kamel? Oder zwei ...
NEU
UK für Smartphone & Tablet
Weitere Informationen auf
www.app.unserekirche.de